Churchill m'a menti

Du même auteur

Moi, Olympe de Gouges, Éditions Calmann-Lévy.

cg@carolinegrimm.com

Caroline Grimm

Churchill m'a menti

Roman

Flammarion

© Flammarion, 2014.
ISBN : 978-2-0812-4414-6

À mon père…

« *Un peuple qui oublie son passé se condamne à le revivre.* »

Winston CHURCHILL

Note de l'auteur

Un jour de pluie en Normandie, je suis installée dans le salon avec mon père. Comme souvent, nous parlons de nos lectures en cours et il me désigne les cartes de l'Angleterre et de la France validées par Churchill dans ses Mémoires, dont il lit la dernière édition.

« Regarde, me dit-il, les îles anglo-normandes sont rattachées à la carte de la France, alors qu'elles ont toujours été des possessions de la Couronne britannique, avec un statut particulier, certes, mais sans équivoque. Victor Hugo, déjà, parlait de "morceaux de France tombés à la mer et ramassés par l'Angleterre". »

Selon mon père, si Churchill les a rattachées ainsi à la France, c'est qu'il n'admet pas qu'elles ont été envahies par Hitler durant la guerre.

« D'ailleurs, ajoute-t-il, mon oncle paternel, Georges Ledermann, ton propre grand-oncle, a été déporté à Jersey en 1943 en tant que "demi-Juif", c'est-à-dire Juif marié à une catholique. »

J'ai dû le regarder avec beaucoup de perplexité car, les jours suivants, il se met en quatre pour retrouver

« la » preuve et me donne à lire la lettre de mon grand-oncle, écrite à sa libération du camp de Norderney, sur l'île d'Aurigny :

Paris, le 18 septembre 1945,

Mes très chers frères et sœurs, comme vous allez être surpris de recevoir cette première lettre de moi depuis ces trois années de silence. Le mort vivant s'est enfin tiré des griffes de ses ennemis. Cela n'a pas été sans mal et plus cela allait plus cela était dramatique...

Dans cette lettre, Georges Ledermann raconte à son frère Robert Ledermann (mon grand-père) comment il a été libéré par les Canadiens. Il prend des nouvelles du reste de sa famille, paraît au courant qu'une de ses sœurs est morte pendant la guerre, mais ignore que sa nièce Simone a été déportée à Auschwitz et n'en reviendra pas.

Après plus d'un an de recherches, je comprends que mon père, en me racontant cette histoire familiale, m'a ouvert les yeux sur un pan méconnu de l'histoire de la Seconde Guerre mondiale. Quand j'en parle autour de moi, les gens n'ont même pas l'air au courant.

Cette histoire, celle des « demi-Juifs », dont mon grand-oncle, déportés et niés pendant si longtemps, et celle des habitants des îles anglo-normandes, abandonnés par la Couronne, m'a bouleversée et j'ai eu besoin de vous la raconter, à ma manière, en me glissant dans la peau de chacun d'entre eux.

Nathalie Goldman

Samedi 15 juin 2013. Saint-Malo.

Nous nous sommes donné rendez-vous un peu plus loin, à l'ombre des remparts. Le taxi, du fait de l'étroitesse de la rue pavée, ne pouvait me prendre devant le modeste mais charmant hôtel où j'ai passé la nuit. Au pied d'un des immeubles en granit, typiques de la vieille ville, la voiture gris métallisé m'attend. Ma valise fait un tel boucan en roulant sur les pavés que j'ai peur de voir surgir à leurs fenêtres des citadins ulcérés, réveillés par ma faute. Il est 7 h 45, le soleil de juin est levé depuis longtemps, mais la ville dort encore. Mon ferry est à 9 h 09, je presse le pas.

— La gare maritime n'est qu'à dix minutes ! Vous avez tout votre temps… C'est votre première fois à Saint-Malo ? demande le chauffeur en hissant ma valise dans le coffre.

— Merci. J'aime bien avoir du temps devant moi.

— Vous allez faire du shopping détaxé ? Ce sont les soldes en ce moment. Ma femme insiste pour que je l'y emmène.

Je sais que j'ai la gueule d'une fille qui passe son temps à faire du shopping. Mais bon... Ce serait trop long à lui expliquer. Je prends mon air d'endormie et esquive la réponse.

Je me rends sur Jersey afin d'enquêter sur le passé de cette île pendant son occupation par les Allemands. C'est la seule partie du territoire britannique à avoir collaboré il y a soixante ans avec l'ennemi nazi. Je me demande ce qu'il reste aujourd'hui de cette période sombre, ce que sont devenus les descendants des Fitzgerald, des Le Gallais, des Landry qui peuplent mon imaginaire depuis plus d'un an maintenant. Vais-je parvenir à les rencontrer ? Deux d'entre eux sont assez célèbres. Marguerite le Gallais est une femme de théâtre, écrivain, qui a connu son heure de gloire, et Édouard-Louis Fitzgerald est l'actuel patron de la puissante Fitzgerald Financière, dont les origines sont aussi obscures que les fonds. Ces rencontres sont cruciales pour mettre un point final au roman que je suis en train d'écrire.

Je présente mon billet à l'embarquement, enregistre mon bagage, passe la douane, me perds dans la foule imposante, anxiogène, véritable marée humaine qui monte d'un mouvement lent et régulier sur le navire. Dans ce qui ressemble au vaste salon d'accueil d'un hôtel flottant, je cherche mon numéro de siège, le trouve près de la porte qui ouvre sur le pont et m'y installe, soulagée.

Un imposant buffet, à la façon des cantines, propose des plats chauds ou froids, des sandwichs, et la file d'attente est déjà impressionnante. Mais la cohue véritable est au *duty-free*, pris d'assaut par les touristes. Je décide de ne pas bouger de mon siège. Des écoliers surexcités occupent les rangées derrière moi, je plaque des écouteurs contre mes oreilles pour ne plus les entendre. J'ai dépassé les quarante ans, je n'aurai sûrement pas d'enfant, ce n'est pas pour supporter ceux des autres. *Oh, tu es de très mauvaise humeur, pour avoir de telles pensées !* Je m'en veux, me retourne et souris à l'animateur du groupe, comme pour m'excuser. Le jeune homme au catogan, qui n'est au courant de rien, se dit qu'il a fait une touche, mais il n'a pas le temps d'y penser, tous ses élèves se sont déjà éparpillés sur le ferry.

J'ai avalé mon calmant contre le mal de mer – mon dentiste que j'ai vu la veille m'a prévenue que cela bougeait beaucoup durant la traversée. En réalité, le bateau est tellement énorme qu'il aplatit les vagues et j'ai l'impression d'être sur une autoroute. La pilule m'assomme. J'ai la tête qui tourne, les paupières lourdes. Je me force à me lever pour prendre l'air sur le pont. On voit déjà à l'horizon se profiler les côtes de l'île de Jersey. Les jeunes enfants hurlent leur joie autour de moi. Ils sont très nombreux, ils se bousculent, se chamaillent ; je suis très étonnée qu'ils ne soient pas plus surveillés, l'un d'eux pourrait tomber à l'eau. Au même moment, une voix s'élève dans le micro et ordonne aux personnes qui sont dehors de rentrer immédiatement.

Je regagne mon siège et m'efforce de lire les pages que j'ai déjà écrites. Les parties historiques sont encore sous forme de notes. Mes yeux ne tardent pas à se fermer et mon esprit à dériver. Les personnages viennent me visiter. J'essaie de visualiser leur visage en me remémorant leur nom. Ils sont en partie réels et toute ressemblance avec des personnes ayant existé n'est pas fortuite.

Note historique n° 1

15 juin 1940. Churchill, dans son bureau de Londres[1], est en grande discussion avec le Bailli[2] de l'île de Jersey et un officier dont il est proche, John Le Gallais, natif de l'île.

Après une discussion animée, ils décident, non, Churchill décide de démilitariser les îles anglo-normandes : elles n'ont aucune importance stratégique, elles seront donc démilitarisées et déclarées villes ouvertes. Le gouvernement britannique donnera le choix aux familles de rester ou de rejoindre l'Angleterre. Des navires seront mis à disposition de ceux qui souhaitent partir.

John Le Gallais est effondré. Il n'a pas réussi à faire entendre son point de vue. Et il ne sait pas ce qu'il

---

1. Samedi 15 juin 1940. Rencontre à Londres des principaux chefs militaires. La démilitarisation des îles est décidée.
2. Le Bailli est représentant de la Couronne britannique, la plus haute autorité sur l'île.

doit décider pour mettre sa famille à l'abri : partir ou rester. Il se raccroche à l'espoir que les Allemands qui ont envahi la France voisine laisseront les îles tranquilles, que Churchill a raison, qu'elles ne représentent pour aucun des deux camps un intérêt stratégique suffisant.

1940

Victoire Le Gallais

Jeudi 8 - Dimanche 11 août 1940. Moulin de Fliquet, commune de Saint-Hélier, Jersey.

Nous sommes le 8 août 1940 et c'est le jour de la Bataille des Fleurs sur l'île, *Battle of Flowers*[1]. Cette année, je sais que les adultes en ont beaucoup discuté. Comme notre pays est en guerre et que la France est occupée, ils n'étaient pas sûrs de maintenir la fête. Et puis, le Bailli de l'île a tranché, il a dit que c'était important pour le moral des îliens, et tant pis pour les familles qui ont cru meilleur de s'enfuir et de quitter notre terre natale.
Le Connétable de la paroisse[2], M. Cody, m'a proposé d'être la Miss du navire de notre village, mais Maman a trouvé que ce ne serait pas correct, elle a dit : « Elle est beaucoup trop jeune. »

---
1. Carnaval estival coutumier de l'île, datant de 1902, et célébrant chaque deuxième jeudi du mois d'août, le couronnement du roi Édouard VII.
2. Un Connétable équivaut au Maire, une paroisse à une commune.

— Maman, j'ai quatorze ans et demi, je ne suis plus une petite fille !

— Puis elle est si jolie ! Avec elle, on serait sûr de gagner, a renchéri M. Cody en essuyant d'un revers sa moustache luisante de bière.

Mais rien à faire.

Ma mère décide de tout depuis que Papa a rejoint les troupes de Churchill. Depuis deux mois, Papa fait la guerre. Il est militaire de carrière. Avant, il était en poste sur l'île, mais Churchill les a tous rappelés, lui et son régiment. Il n'y a plus aucun soldat à Jersey, Churchill a besoin de tous ses hommes pour défendre l'Angleterre. On nous a laissé le choix de partir pour l'Angleterre nous aussi ou de rester dans nos maisons. Moi, je voulais qu'on suive Papa sur le continent, mais Maman a dit pas question, on est en sécurité sur l'île, si Churchill a désarmé Jersey, il sait ce qu'il fait, c'est que les Allemands ne risquent pas de nous attaquer, on est trop petits, on n'intéresse personne. Papa a opiné du chef. « Écoute ta mère, Victoire. Moi aussi, je préfère savoir mes deux enfants en sécurité avec leur mère ici. Et puis pour aller où ? »

C'est vrai, la guerre, je ne sais pas très bien à quoi ça peut ressembler. Mais j'ai un mauvais pressentiment. Depuis deux jours, je n'arrête pas de me répéter que Papa n'aurait pas dû nous laisser, et qu'il va arriver un malheur. Je ne sais pas pourquoi, mais j'ai peur.

Richard, mon frère, et Paul, le fils Landry, m'attendent dans quinze minutes au lavoir, en face du pub des Landry, sur la petite place centrale de Saint-Hélier.

Je suis pressée de les retrouver. Il y aura Vincent et Jérémy aussi, de la paroisse voisine de Saint-Brelade. Il paraît que leur carrosse est très beau, entièrement recouvert d'orchidées, dans un dégradé qui va du rose au blanc. Mais les orchidées, franchement, ce n'est pas très original, il y en a à la pelle ici. Nous, on a fait plus fort, on a cueilli des tas de fleurs différentes sur toute l'île. On s'y est mis à plusieurs et pendant plusieurs jours. On a mélangé la blancheur des aubépines et le jaune soleil de nos grosses fleurs des dunes, les fougères et les roses roses de l'été, on a mis des touffes de bruyère au milieu des petites fleurs violettes des géraniums des Canaries, on a mélangé des feuilles d'oseille d'un beau rouge bordeaux à des têtes jouffflues d'hortensias roses, et on a ajouté des fleurs de lavande pour leur odeur poivrée et la beauté de leur violet foncé. Ensuite, on a tapissé notre vieille charrue de tous ces bouquets de fleurs, on l'a recouverte d'une bâche comme un carrosse, et on a même disposé des branches de nos bouquets dans les essieux des roues pour que ça fasse plus joli quand on roulera. Un arc-en-ciel de fleurs, un véritable arc-en-ciel de toutes les couleurs, a dit Maman en nous félicitant.

Hier soir, Paul, le copain de mon frère, m'a accompagnée à vélo chercher les bouquets de lavande chez les paysans, dans leurs fermes qui ressemblent à des huttes en paille avec leur toit pointu, vers les falaises. C'était beaucoup plus loin que je pensais ; surtout, ça n'arrêtait pas de monter et descendre. On s'est fait surprendre par la nuit, et j'avais peur. Paul m'a prise dans ses bras, il m'a dit qu'il me protégeait, que si je préférais je pouvais m'asseoir et l'attendre au bord du chemin, il irait très vite au village, chez le carrossier, pour le convaincre de revenir me chercher en voiture. En voiture ! Mais j'avais trop peur de rester seule dans le noir, j'ai préféré continuer, en poussant mon vélo. Il m'a tenu la main tout le trajet, pendant que, de l'autre, il tenait son vélo. Pour le remercier, sur le chemin, lors d'une de nos haltes, je l'ai embrassé avec la langue, c'est lui qui m'a appris ça, un baiser profond, langoureux, un baiser à la française, m'a-t-il dit.

Ma mère aussi est française, elle vient de Calais. C'est la dentellière de l'île, c'est chez elle qu'on commande les robes de fêtes, les costumes de cérémonie. C'est une simple couturière aussi, mais elle tient à ce qu'on dise la dentellière. Les gens d'ici l'aiment bien... Elle a eu beaucoup de travail, ces derniers jours, avec le Carnaval.

— Aïe, Maman ! Tu me fais mal.
— Tu n'arrêtes pas de bouger, Victoire ! Laisse-moi te mettre ta coiffe.

Une coiffe en dentelle qu'elle a cousue elle-même. Elle me tire les cheveux, je la déteste. Et puis pourquoi n'a-t-elle pas voulu que je sois la Miss ? Elle refuse de me voir grandir. Elle veut me garder bourgeon. Comme les lys de Jersey qui restent bourgeons tout l'été. Un bouton de rose, on le soigne, on l'arrose, on l'attend, et on n'a pas peur de ses épines.

— Merci, Maman. On se retrouve au village !

J'enfourche mon vélo et je pédale à toute allure sur les cailloux du chemin qui descend le long de la mer vers la rue principale de Saint-Aubin's Bay. Ma coiffe, mon tablier blanc volent au vent. J'aimerais bien perdre ma coiffe, elle m'énerve, hélas Maman l'a bien accrochée. C'est une belle journée, pas un nuage à l'horizon, la mer est basse et scintille au loin, on pourrait presque atteindre à pied la vieille ruine d'Elizabeth Castle.

Richard et Paul m'attendent sur la place devant l'hôtel Pomme d'Or, où doit démarrer la parade. Comme chaque année, les chars vont longer la baie jusqu'à Saint-Aubin. Ils me donnent deux seaux pleins de pétales d'hortensias et de roses, pour les lancer sur la foule au moment de notre passage. Je les remercie et monte la première sur le char, les seaux serrés contre mes genoux. Paul vient s'asseoir contre moi.

Je ne dois pas le regarder dans les yeux, je dois faire l'indifférente, mais mon cœur bat si fort : Mme Landry, sa mère, me surveille du coin de l'œil.

Elle s'avance vers moi, je la salue, elle me taquine la joue. « Vous nous avez fait peur hier soir en rentrant si tard ! » Je baisse les yeux, elle est trop parfumée. Elle se donne des airs de grande dame, elle est si fière, la taille cintrée, les fesses en arrière, elle hèle son mari qui fait partie de la fanfare. « Raymond, Raymond ! » Elle agite sa main gantée, minaude, se trémousse. Au moment où son mari va pour lui répondre, le chef de fanfare fait signe à l'orchestre de commencer, et Raymond embouche sa trompette.

C'est la première fois que je vois des femmes dans la fanfare. On m'a expliqué qu'elles remplaçaient leur mari parti à la guerre. Elles portent également une casquette de marin et le même costume que les hommes, chemise, nœud papillon, pantalon blanc et veste bleu marine. Pepe Jim, le sauveteur en mer et marchand de poissons, fait plein de fausses notes. Le Connétable a les joues cramoisies tellement il souffle fort dans sa cornemuse. Le *Captain* Richardson, le gardien du phare, clôt la marche, avec sa trompette. Il est le seul à porter son costume blanc d'officier de la Navy, il en est tellement fier, personne n'ose lui refuser ce plaisir. C'est rare qu'il sorte de chez lui. On ne le voit presque jamais. Il est toujours accompagné de Mousse, son foxterrier. Le pauvre *Captain*, il a l'air à bout de souffle. Les aboiements de son chien couvrent le bruit de son instrument.

« Allez, les chars ! Vas-y, Victoire ! »

J'arrose la foule de pétales de roses et d'hortensias. Les autres en face de moi font de même, on croirait voir des milliers de plumes qui tourbillonnent dans les airs. En tête de cortège se trouve le carrosse du Bailli, Édouard Fitzgerald avec, à ses côtés, son fils James, réformé à cause de son bras atrophié, et sa belle-fille Diane. La blondeur de Diane me fascine, sa façon d'incliner le visage, de sourire, de lever la main, on dirait qu'un diadème scintille sur sa tête. Tout de suite derrière eux vient le char de la famille Steiner, les propriétaires du manoir. Je suis amoureuse en secret d'Emil-John, leur fils aîné. Je sais qu'il n'y a aucune

chance qu'il me regarde un jour, je ne suis pas du même rang, comme dit Maman. Il a une noblesse dans le visage, un air de poète, des yeux d'un bleu très doux, un front lumineux... c'est un prince. Hélas, il vient d'avoir dix-huit ans et il va devoir rejoindre son père, Charles Steiner, officier dans l'armée d'Angleterre. À sa droite apparaît Rose Steiner, l'affreuse sœur d'Emil-John, qui tient par la main son petit frère, Franklin. Elle porte une très belle robe que Maman lui a faite. Je ne peux pas la supporter, c'est une bêcheuse. Maman me dit que sa mère, Elisabeth, a très bon goût, que, grâce à elle, elle peut copier des modèles venant des plus grands couturiers de France. Maman aime la beauté, l'harmonie. Maman hait les conflits...
  Le fils du *Captain* Richardson aussi va partir à la fin de l'année pour faire la guerre. Son pauvre vieux va se retrouver tout seul dans son phare.
  Maman est dans un char, avec Mme Landry qui l'a rejointe, et les Marks, qui tiennent l'Épicerie centrale. Je balance une pleine poignée de pétales dans leur direction, vers l'arrière du cortège.
  Le premier char a atteint le bout de la baie, le cortège s'arrête. Bataille de fleurs, c'est parti ! On se rue sur nos provisions, attention aux épines des roses et des aubépines ! Je me jette sur Paul Landry, lui mets mon seau sur la tête, on roule sur un lit de pétales. Mon frère vient nous séparer, puis il prend en course Paul. Je les vois s'éloigner vers le port. Deux autres garçons me tombent dessus, me font manger de force des pétales, et bientôt j'ai cinq garçons contre moi.

Maman s'avance, le visage sévère, et me dit que je n'ai pas un comportement correct pour une fille de mon âge. Faudrait savoir ! Une pluie de pétales jaunes la recouvre, elle rit, elle renverse la tête pour voir d'où ça vient, elle rit encore...

Soudain, le ciel est en feu. Mais il est trop tôt pour le feu d'artifice, ils sont devenus fous ! Oui ? Non ? Que se passe-t-il ? Un vacarme épouvantable, un tremblement de terre, j'ai peur que le sol s'ouvre sous mes pieds !

Alors, les premières bombes tombent, déclenchent les sirènes du port, ça hurle, ça court de tous les côtés, de monstrueux oiseaux de fer s'abattent sur nous, nous mitraillent. Maman, j'ai peur ! Je ne vois plus rien. Qui hurle ? Qui hurle ? Je vois Paul revenir en larmes, on dirait qu'il appelle mon frère, il montre les camions là-bas, en feu sur la grève, explosés, et tout ce rouge, ces flaques de rouge, ces rivières de rouge. Je le suis, en courant à perdre haleine. Richard ! Richard ! Il n'arrête pas de crier.

Richard, mon frère, gît inconscient entre les flammes et les cageots de tomates pulvérisés. La jambe droite arrachée.

Non, ce n'est pas vrai ! Non, Dieu, s'il vous plaît ! On rembobine ! On efface, on recommence, c'était juste écrit à la craie sur le tableau noir. Saint-Hélier, reviens ! Saint-Hélier[1], montre-lui comment tu as fait

---

1. Saint-Hélier est le saint patron de Jersey (venu sur l'île environ en 545 après J.-C.). Il donne son nom à la fois à la capitale de l'île et à l'église paroissiale.

pour chasser les pirates qui attaquaient notre île, comment tu as pris ta tête sous le bras, ta tête qu'ils venaient de trancher, mon Dieu, sauvez-le !

Une main ferme vient saisir mon épaule. On m'écarte sans ménagement, on tire le corps de Richard, vite, vite, on m'empêche de voir, on me dit qu'il est vivant, vite, vite, c'est une poudrière, tout va sauter. Il y a des flammes partout, j'avale de la poussière, c'est la fin du monde, l'ennemi est parmi nous. Où est Maman ?

Sur des brancards improvisés, à dos d'homme, de femme, de cheval, pour les plus chanceux en voiture, on amène les blessés aux urgences de l'hôpital général. Les corps mutilés sont chargés dans les camions qui effectuaient leur livraison. Deux employées de la coopérative agricole de Jersey, là où est tombée la première bombe, ont été surprises en train de trier les pommes de terre. Et mon frère, mon con de frère qui jouait à cache-cache entre les bâches des camions sur le port... Où est-il ? Je ne le vois plus.

Des infirmières et des médecins tourbillonnent dans le hall, des civils se bousculent, des enfants perdus lèvent des yeux effarés vers le plafond très haut et très voûté, d'autres crapahutent sur le plancher usé et crasseux, le visage souillé de larmes et de morve. On transporte les nouveaux arrivants aux soins médicaux d'urgence. On me tire par la manche. « Mademoiselle, ne restez pas dans le passage. — Je cherche mon frère, Richard Le Gallais ! » La dame en uniforme noir avec une coiffe blanche toute droite sur le haut de la tête marmonne des choses incompréhensibles et passe son chemin. Et cette odeur ! Une odeur âcre de chair, de sang, d'urine, d'excréments, une odeur d'angoisse. Sur une des civières portées par les aides soignants, j'aperçois la tête brune d'un jeune homme, délirant de douleur, les traits distendus, fiévreux, la jambe droite amputée. Je vais pour m'approcher. Richard, c'est toi, Richard ? On me repousse, j'ai la nausée, où est mon frère ? De tous côtés des cris de douleur, des cris de peur, des yeux agrandis par la terreur et la souffrance. C'est donc ça, la guerre. C'est donc ça, l'enfer.

Je titube, j'avance, je titube de nouveau, des grosses mouches noires viennent voleter devant mes yeux, une femme à la poitrine imposante, une longue jupe bleu marine tombant jusqu'à ses chaussures en grosse crêpe, me fait signe de la suivre le long du couloir jusqu'à une porte battante indiquée « salle 6 ». J'entre à sa suite. Dans un désordre de draps, j'aperçois un torse d'homme à vif, la chair humide, on dirait un quartier de bœuf. Je tremble, je baisse les yeux, ça pue, je me cache le nez. Soudain, une main chaude sur ma nuque, je me retourne, un petit sourire aux lèvres, c'est le bon docteur Lewis, il est avec Maman qui me regarde hébétée. Maman, qu'est-ce qu'on t'a fait, qu'est-ce qui se passe, Maman ? Elle ne me répond pas, ses lèvres sont figées, la peau de son visage paraît glacée. C'est le bon docteur Lewis qui parle : « Ton frère n'a pas souffert, mais je n'ai pas pu le sauver. »

Deux jours plus tard, il y a tant de draps blancs à nos fenêtres. Dans toutes les maisons de toutes les paroisses, on s'est donné le mot. Nous sommes le peuple des îles, nous voulons la paix, nous étions désarmés, abandonnés, nous ne voulons pas que ça recommence.

Des linges blancs partout suspendus, flottant au vent, messagers de la paix, ailes de colombe, et ce voile noir sur mon cœur : je te vengerai.

Dimanche, ils ont descendu l'Union Jack au fort Regent et monté à sa place leur drapeau rouge orné d'une croix gammée.

Les Allemands ont pris possession de notre île.

EMMA LANDRY

Lundi 28 octobre 1940. Landry's pub de Saint-Hélier, Jersey.

Cela fait trois mois que les Allemands sont là. Pour nous, la guerre, c'est fini. On va tous devoir faire des efforts d'adaptation, c'est ce que j'ai dit à mon mari. Maintenant, on vit sous administration nazie, mon chéri. Ça va, c'est pas dramatique, faut juste se souvenir que l'heure a changé, prendre l'habitude de rouler à droite et jeter notre vieille monnaie, ils nous l'ont remplacée par de drôles de pièces ; ce matin encore, je faisais des erreurs de caisse[1].

Dans l'ensemble, les troupes se conduisent bien. En fait, le soldat ordinaire est discipliné et suit les consignes de ses officiers, et je sais de source sûre (et même très sûre, hé, hé !) qu'ils ont reçu l'ordre de ne pas créer de problèmes.

---

1. En effet, à leur arrivée, les autorités allemandes changèrent les îles de fuseau horaire, ainsi que la numérotation des routes et le sens de leur circulation. Une monnaie d'occupation fut frappée.

Tout compte fait, je me sens plus proche d'eux que de certains de nos Juifs, au moins ils ont le sourire franc, le teint frais. C'est vrai, certains sont de sacrés beaux gars, ce qui ne gâche rien. Et puis ils sont de bonne humeur. Il y a de quoi ! Songez aux succès qu'ils ont remportés : ils ont traversé la Belgique et la France en balayant tout sur leur passage. Ils sont tous persuadés que, dans un mois ou deux, ils seront en Angleterre.

Franchement, l'occupation n'a pas que des inconvénients. J'adore leur nouvelle fanfare. Faut dire qu'à Saint-Hélier particulièrement, ils nous gâtent. Ma cousine qui est venue nous voir au pub hier soir m'a dit qu'à Saint-Clément, c'était pas pareil, mais ici, on dirait que c'est tous les jours fête, les cuivres joyeux de la fanfare militaire résonnent partout dans les rues, les parcs des belles propriétés, si bien qu'on finirait par se demander si l'occupation n'a pas été inventée pour permettre aux bons musiciens de l'armée allemande de montrer au monde l'étendue de leur talent ! Et ils organisent même des *garden-parties* au Governement House, au Westward Pavillon. J'y suis allée, j'ai même réussi à traîner mon vieux Raymond – eh oui, il a eu cinquante ans cette année, on a quinze ans d'écart ! Qu'est-ce que j'ai ri ! Il faut dire que j'ai eu un certain succès. Ce pauvre Raymond en était jaloux. Les autres portaient toutes de petites fourrures très élégantes sur leur robe, le comble du chic et du snobisme en plein été, mais il faut croire qu'avec mes bras nus j'ai eu plus de succès. J'ai dansé sans m'arrêter avec les officiers allemands, notamment avec un des nouveaux arrivants, l'officier supérieur de la Feldkommandantur, un homme assez raide mais bon danseur, que tout le monde ici appelle « le Colonel ». Non, vraiment, tout se passe bien, et dans la bonne humeur.

Plutôt que de me plaindre et de râler contre les nouvelles règles alimentaires, comme elles le font toutes après les courses, ou l'heure du cessez-le-feu qu'ils ne cessent d'avancer, moi, j'ai préféré aller leur parler. Oui, il se trouve que je maîtrise assez bien la langue, ça aide. Les Allemands sont des gars droits dans leurs bottes. Des hommes qui respectent la loi. Ce sont nos cousins germaniques, il ne faut pas l'oublier. La majorité des gens d'ici se prétendent britanniques. Mais Hitler dit que par notre histoire nous sommes français. Tout le monde n'est pas de cet avis, je peux vous le certifier ! Et puis il y a ceux, comme Raymond, mon mari, qui soutiennent que nous ne sommes ni français ni britanniques, mais sujets du duc de Normandie, qui est un des titres du roi d'Angleterre. D'autres enfin disent que nous sommes des patriotes anglais, d'ascendance normande. C'est à perdre la tête ! Finalement, ils ont décrété qu'aux offices les prières pour la famille royale seraient autorisées, mais que l'hymne national serait interdit. De toute façon, ce M. Hitler n'en fait qu'à sa guise et il édicte les lois dont il a besoin. Mais pour ceux qui sont sur le terrain, c'est une autre paire de manches.

Hier soir, dans mon propre pub, trois officiers m'ont offert une bière. Ils voulaient trinquer avec la patronne.

Ils se disputaient pour savoir s'ils devaient appliquer la Convention de La Haye dont bénéficie chaque peuple qui a capitulé. Des légalistes, je vous dis. Moi, j'aime bien quand c'est droit, quand c'est carré.

Ce qui compte, c'est que notre bien-aimé Bailli a trouvé un modus vivendi avec eux. Ils le laissent en place tant qu'il exécute et fait exécuter leurs ordres.

Victoire Le Gallais

Lundi 18 novembre 1940. Le mont Cochon sur la route du Moulin de Fliquet, commune de Saint-Hélier, Jersey.

Quand je t'ai vu lever le doigt, rejoindre la forêt des mains levées qui s'élevaient de la classe, j'ai voulu crier : « Paul, c'est lâche ce que tu fais, comment peux-tu avoir envie de prendre des leçons d'allemand, ta mère se conduit mal, ta mère nous fait honte, tu n'es pas obligé de l'écouter ! », mais je n'ai rien dit. J'ai compris, mon monde se divise en deux dorénavant, ceux qui baissent la tête, prêts à tout pour « s'arranger », ceux aux yeux de qui la mort de mon frère ne compte pas, et les autres. Je ne t'ai pas pardonné. Pareil quand le Connétable Cody est venu nous voir et qu'il nous a prévenues, ma mère et moi, qu'il était désormais chargé du bureau des Étrangers et qu'il était de notre devoir de dénoncer toute personne juive ou d'ascendance juive¹ qui ne se présenterait pas². Je savais très bien à qui il faisait allusion. Je lui ai répondu en le regardant dans les yeux : « C'est normal qu'ils ne soient pas venus, les Marks sont nés sur l'île, comme nous. » En me pinçant la joue, il m'a demandé sur le ton dont on réprimande les petites filles désobéissantes si j'avais une idée d'où ils se cachaient, parce que l'île était si petite, les Allemands ne mettraient pas longtemps à les retrouver, et attention à ceux qui les protégeaient ! La nouvelle police que la Feldkommandantur avait fait débarquer, la Gestapo, était très sévère. Je lui ai tiré la langue et je suis partie.

Après, Maman m'a grondée. Elle me supplie de faire attention, elle dit que je dois apprendre à dissimuler mes sentiments, à garder mes idées pour moi, sinon je vais nous attirer des ennuis. Elle a même accepté de livrer toute une partie de sa bibliothèque aux agents de la Gestapo quand ils sont venus frapper à la porte de la maison pour savoir si nous détenions des livres d'auteurs juifs ou qui exprimaient des opinions antinazis. Ils ont allumé un feu dans notre cour et on a balancé tous les livres. Dès qu'ils sont partis, j'ai éclaté en sanglots. « Comment as-tu pu faire ça ? J'ai crié. Brûler des livres qui appartenaient à Papa ? Et que va-

---

1. À Jersey, une communauté juive existait depuis le XIXᵉ siècle. En 1842, elle avait fait construire une synagogue à Saint-Hélier.
2. Voir sur les ordonnances contre les juifs dans les îles anglo-normandes, le dossier sur les juifs dans les îles de Jersey, Guernesey et Serck de la *Revue d'histoire de la Shoah* n° 168/janvier-avril 2000.

t-il penser quand il va revenir de la guerre ? Tous ses livres préférés disparus en fumée ! On aurait pu les cacher au grenier ! » Elle m'a prise dans ses bras et elle m'a expliqué : Si l'on veut que notre plan réussisse, on a intérêt à se tenir à carreau, et que la Gestapo n'ait rien à nous reprocher.

Notre plan, le voici : le bon docteur Lewis a eu une idée géniale. Il a planqué les Marks avec leurs deux enfants à l'hôpital, il les a dissimulés parmi les malades. Évidemment, il prend le risque d'être dénoncé par une des infirmières ou un des bénévoles qui viennent lui prêter main-forte, aussi ça ne peut pas durer trop longtemps, mais cela nous a permis de gagner du temps. En tant que seul chirurgien de l'île, il a beau être juif, il est choyé par les Allemands qui lui ont permis de garder sa voiture pour le transport des blessés ou les livraisons aux malades.

Il m'a donné rendez-vous aujourd'hui au croisement du chemin de terre et de la route du mont Cochon pour qu'on les change de cachette. Le ciel est clair, balayé par un grand vent venu du nord qui dégage bien l'horizon.

Le voilà ! Il arrête son véhicule à ma hauteur, je monte à côté de lui sur le siège passager. Je me retourne vers l'arrière de la voiture, on ne voit rien, à part des sacs de pommes de terre.

Parvenus dans la cour, on hisse les sacs sur une brouette (pour celui qui renferme M. Marks, on se fait aider de Maman parce qu'il est vraiment trop lourd), et on les dépose, ni vu ni connu, dans la grange du fond.

Ils vont pouvoir se cacher à l'étage, dans les bottes de paille, avec les chèvres et notre vache en dessous, en attendant mieux. Peut-être iront-ils crécher chez Augustine Fitzgerald, la sœur du Bailli, et son amie, deux vieilles filles qui viennent de racheter la plus grosse ferme de pommes de terre du nord de l'île. Le docteur Lewis a dit que pour l'instant, on devait être prudents et rester entre nous.

Ensuite, réunion à la cuisine. On écoute les nouvelles grâce à notre poste de radio, mais rien de particulier. Alors le docteur l'éteint et nous parle : l'Épicerie centrale a été mise en vente, et la bonne nouvelle c'est qu'il est sûr que l'avocat Barrot va nous aider.

— Madeleine, tu vas donc te présenter aux autorités pour reprendre le bail. Ne t'inquiète pas, on fera semblant, c'est du vent.

Je sais pourquoi il fait tout ça, pourquoi il se donne autant de mal, ce n'est pas seulement pour sauver le bien des Marks ni pour rendre service aux gens du village qui seront bien contents de garder leur épicerie, non, il fait tout ça parce qu'il est amoureux en secret de Maman, je le vois à sa façon de la regarder, ou plutôt de ne pas oser la regarder. Il veut aider Maman à sortir de son deuil, à sortir de chez elle, à sortir de son tête-à-tête avec moi.

— Toi, Victoire (il se tourne vers moi, comme s'il avait lu dans mes pensées), tu seconderas ta mère au magasin, c'est toi qui feras le relais avec la ferme.

Rassure-toi, Madeleine, j'ai discuté avec Theresa et Karl. Tout se passera bien, ils te donneront des indications très précises pour tenir leur commerce.

— Les gens du village vont se demander comment j'ai eu l'argent, ils seront jaloux, c'est certain, dit Maman d'un ton effrayé.

— Non, je les ai sondés. Ils seront plutôt coopératifs, car personne n'a envie de voir sa seule épicerie-bazar à des kilomètres à la ronde disparaître. Et puis, le Connétable Cody vous a à la bonne... Cela ne te fait pas peur, Victoire, de rester seule ici ? Ta mère devra dormir en ville, au-dessus de l'Épicerie.

— Pas du tout. Et puis, j'ai du travail par-dessus la tête avec la ferme.

— Les Marks pourront t'aider. En étant très vigilants... Et respecte bien l'heure du couvre-feu, toi aussi, n'attire surtout pas l'attention.

— Mais ils ne cessent d'avancer l'heure. C'est pas facile, pour rentrer les bêtes !

— Justement. Sois très prudente. Il ne faut surtout pas se faire remarquer. Tu dois toujours respecter scrupuleusement leurs consignes, sous peine de nous mettre tous en danger.

— La Feldkommandantur a ordonné de tuer toutes les volailles âgées de plus de deux ans, c'est dingue, non ?

Il hausse les épaules ; visiblement, l'avenir de mes poules ne le préoccupe pas trop.

— Et de poursuivre des gens parce qu'ils sont juifs, ça n'est pas dément ?

J'ai baissé les yeux. Ce n'est pas ça que je voulais dire, bien sûr. D'ailleurs, je n'arrête pas de penser à Emil-John Steiner.

Emma Landry

Lundi 30 décembre 1940. Landry's pub.

Demain, c'est la fête du Jour de l'An, les Allemands ont organisé une réception destinée à tous les enfants de l'île – enfin presque tous, pas les enfants des Juifs évidemment –, avec des jeux, des jouets. C'est pour nous montrer comment ils aiment la famille. En même temps, ils peuvent être très durs : paraît qu'ils ont exécuté un gamin qui voulait s'embarquer rejoindre les troupes armées en Angleterre. C'est Pepe Jim, le pêcheur, qui l'a appris à mon Paul. Ça, avec eux, il ne faut pas franchir la ligne ! Theresa et Karl Marks, les épiciers, n'ont pas voulu se présenter au bureau des Étrangers, sous prétexte qu'ils sont nés sur l'île. Eh bien, ça a mis le Bailli très en colère, parce qu'il s'est retrouvé en porte-à-faux vis-à-vis de ses supérieurs allemands. Du coup, les autorités ont accroché la pancarte « entreprise juive » sur leur devanture et ont exigé la fermeture du magasin. Ils sont bien avancés, maintenant ! La famille Norman, elle, a été plus sage, on les a juste obligés à vendre leur magasin de vêtements à des Aryens.

J'ai dit à mon petit Paul de ne pas faire comme eux, d'être respectueux avec l'occupant, et de se porter volontaire pour les cours d'allemand. D'abord, c'est une très belle langue, ensuite il faut qu'il se fasse bien voir. Je ne veux pas qu'on lui confisque sa bicyclette ! À cause de notre système d'immatriculation, ils savent très bien laquelle appartient à qui, et ils les réquisitionnent à la tête du client !

Ce soir, nous allons au Forum Cinema[1], mon mari et moi, voir un de leurs films. Ce sont eux qui décident de la programmation maintenant. Évidemment, ce sont uniquement des films de propagande, mais c'est intéressant. C'est fou, depuis qu'ils sont arrivés sur l'île, la vie est plus amusante, et les affaires marchent mieux. Les Allemands adorent notre bière locale, brune, avec de toutes petites bulles, que je veille à leur servir bien fraîche ; et ils se régalent de ma cuisine. Incroyable ! Hier, les gars ont mangé tous mes *Ploughmen's dishes*[2], et ils en redemandent. Je ne vais plus avoir assez de mes deux mains ! Mon pub ne désemplit pas !

C'est tout ce dont on avait besoin, une arrivée d'hommes massive, un renouvellement de nos forces vives, on s'encroûtait sur l'île à tourner en rond, à voir

---

1. Unique cinéma existant sur l'île à l'époque, réquisitionné par les Allemands à leur arrivée pour y diffuser leurs films de propagande.
2. « Déjeuner du laboureur » à base de pain, fromage et cornichons, typique des pubs anglais.

toujours les mêmes têtes. Je crois même qu'ils m'ont sauvée de la dépression. Enfin, d'une grosse déprime en tout cas.

Mon mari dit que j'exagère. Lui, il est mal à l'aise avec eux. Quand on les fréquente trop, il ne peut pas s'empêcher de culpabiliser. Je lui réponds qu'on n'a pas le choix et qu'il se pose trop de questions.

Hitler a commencé par envoyer tout un régiment, chars d'assaut et artillerie. Et une semaine après, encore une division d'infanterie, plus des architectes militaires et des ouvriers. Nos chères îles vont être entièrement fortifiées et défendues avec les moyens les plus modernes. Les Allemands sont là pour longtemps, un des officiers m'a même confié qu'après la guerre Hitler ne rendra jamais les îles, il tient absolument à ce qu'elles restent pour toujours une possession germanique. Alors, comme j'ai dit à Raymond, autant s'y faire tout de suite !

Ce qui m'embête, c'est qu'on est de plus en plus rationné. Je dois couper ma farine avec de la fécule de pommes de terre au moins pour moitié. Les vivres commencent à manquer, même si, jusque-là, j'ai toujours trouvé moyen de m'arranger. Mais bientôt on va manquer de bois de chauffage pour notre cheminée. C'est ce qui me fait le plus peur, la faim et le froid.

Note historique n° 2

Dans le bureau de Churchill. John Le Gallais (le père de Victoire) argumente : on ne peut pas abandonner les îles aux Allemands, ce sont des sujets de Sa Majesté, et puis c'est dangereux, cela donne un pied en territoire britannique à Hitler qui en profite pour diffuser sa propagande. Il faut tenter des raids, envoyer des hommes libérer les îles anglo-normandes de toute urgence !

Churchill le fusille du regard. Les Allemands livrent la bataille d'Angleterre, progressent partout, bombardent Londres. Sa mission est d'abord de protéger son pays. Sa mission est de gagner la guerre ! De faire bouffer ses c... à Hitler !

Le père de Victoire sort du bureau du Premier Ministre atterré : les îliens sont sacrifiés.

1941

Captain Richardson

Mercredi 1ᵉʳ janvier 1941. Phare de la Corbière, commune de Saint-Brelade, Jersey.

Et je souligne. C'est le Nouvel An. Je l'écris dans mon journal pour ne pas l'oublier. Je prends mon repas seul. Devant l'horizon étale. C'est l'heure que je préfère pour fumer ma pipe en regardant la mer. Quand le jour tire doucement sa révérence et que la nuit se fait prier.
« Vous devrez être capable de supporter une vie de solitude, une vie encore plus draconienne que celle d'un moine en cellule, sobre, sans futilité et basée sur le travail, le travail nuit et jour. Vous serez « le berger des vagues », comme a dit Victor Hugo. Ce phare, le premier bétonné, avec une route en béton pour y accéder, est à quatre cent cinquante mètres du rivage, il fait vingt mètres de haut, vous serez très isolé. Et quand la marée est haute, vous êtes coupé du monde. Seul parmi les hauts rochers noirs qui l'entourent. On le nomme la Corbière, car c'est là où vivent les corbeaux.

Pour un homme à l'âge de la retraite, ce sera très dur. En êtes-vous conscient, *Captain* Richardson ? »

J'avais dû réprimer un sourire, ils n'auraient pas compris, ces fats de l'Armée, ces militaires hauts gradés qui se croyaient plus courageux et plus avisés que moi. Qui étaient-ils, assis en brochette comme un jury face à un écolier, pour me donner des leçons après l'enfer sur terre que j'avais vécu, la lente agonie de mon épouse chérie ? La mer, je l'ai toujours eue dans la peau. Je sais la craindre et la respecter. Être humble devant elle. « Homme libre, toujours tu chériras la mer[1]... » J'ai appris à lui laisser sa force, je ne lutterai contre elle que pour tenir le feu allumé, coûte que coûte. Oui, travailler, quitter la terre et notre maison maudite, monter, descendre, allumer, éteindre la lampe, entretenir le feu, surveiller l'horizon maritime, veiller sur la vie des marins. Avec mon fils unique, nous rêvions de nous embarquer sur une telle galère, vivre entre ciel et mer, ne plus jamais penser au passé.

Notre vœu a finalement été exaucé.

Chacun, tour à tour, on passait quinze jours au phare, et quinze jours à terre. Un rythme parfait, une façon de ne pas se quitter et de ne plus se voir, ne plus se parler, car les mots font mal, pas vrai ? Les mots ne peuvent que rouvrir les plaies.

Hélas, le jour de l'invasion, c'était au tour de mon fils de garder le phare. Quand j'ai entendu le bruit des avions, j'ai levé la tête et j'ai vu les trois bombardiers

---

1. Charles Baudelaire, « L'homme et la mer ».

Heinkel lâcher leurs bombes sur le port. J'étais dans la fanfare, j'ai jeté ma trompette et j'ai couru à perdre haleine, à m'en décrocher le cœur de la poitrine. En arrivant sur place, j'ai réalisé qu'ils n'avaient pas bombardé le phare, ils sont pas fous, ces Boches ! Ils savent qu'ils en auront besoin. On ne peut pas se passer du phare qui balaie le raz Blanchard. Mais je n'ai pas retrouvé mon fils, il avait disparu. Envolé. Effacé. J'ai longtemps fouillé parmi les hauts rochers, les abords du phare, j'ai même poussé mes recherches jusqu'aux grandes plages de sable du côté de l'aéroport, à la recherche d'un signe ou de son corps. Rien. J'ai décidé de n'en parler à personne, et personne ne m'en a parlé. Dans le chaos, mon fils a été oublié. Tant mieux. Les boches ne savent pas qu'il a existé, ils croient que je me suis occupé seul, sans discontinuer, du phare. Je les laisse croire et je prie. Je prie tous les jours, toutes les nuits, que mon gamin soit à bord d'un de ces navires pour lesquels mon phare est un repère.

Mousse ! Où es-tu, Mousse ? J'appelle en vain. Mon terrier rebelle m'a encore faussé compagnie ! Mousse, viens ici, je te l'ordonne !

Une heure à tourner autour du phare, à faire les cent pas sur la petite route en béton qui scinde les rochers en deux masses sombres et menaçantes. Aucune réponse du paysage hostile et désertique, hormis le ricanement des mouettes et le murmure moqueur des vagues. Je dois remonter à toute allure avant le crépuscule. Satané chien ! Tant pis pour lui ! Je ferme la grille à double tour. Il passera son Jour de l'An dehors, chien errant ! Espèce ingrate !

Dire qu'on l'a recueilli dans notre maison tout petit et quasiment mort de faim. Ma femme lui a donné le biberon et son nom. Mousse ! En l'honneur de son *Captain*. Et moi j'ai pensé Mousse en l'honneur de mes bonnes bières sirotées en cachette au bar Le Sauveur. Mon pauvre chien aussi a été anéanti par la mort de mon épouse chérie. Bien que, depuis que nous nous sommes installés au phare, il déborde d'énergie.

C'est bizarre, ce calme plat. C'est inquiétant, même. Presque cinq mois depuis le jour de l'attaque des Allemands et la disparition de mon fils, et je n'ai toujours vu personne. Je me suis barricadé dans mon phare, prêt à résister, au cas où. Et rien. Je me demande où ils sont passés. À la radio, ils parlent de l'invasion surprise des îles anglo-normandes, et pour moi, rien n'a changé. J'ai remarqué un peu plus de trafic au large. Pour l'instant, des points minuscules à surveiller. Je parierais que c'est la flotte anglaise qui vient nous délivrer. J'ai essayé d'échanger avec le gardien du phare d'Alderney[1], l'île voisine, au cas où il en saurait plus. Mais ce vieil ivrogne ne m'a toujours pas répondu !

Samedi 4 janvier 1941. Phare de la Corbière, Jersey.

Ça y est, la vermine s'est enfin manifestée ! La Hafenkommandantur m'a collé nuit et jour un jeune

---

1. Alderney est le nom anglais de l'île d'Aurigny. Des quatre îles anglo-normandes, elle est la plus proche des côtes françaises.

Allemand dégingandé, au long nez, pour me surveiller. C'est grotesque ! Il a l'âge de mon fils, il n'y connaît rien et je dois lui obéir comme un nouveau-né. Et ça ne rigole pas. J'ai dû rendre mon costume d'officier, mon casque, mon fusil de chasse, et ce salaud a fini par trouver mes deux pistolets. Il s'en est gardé un qu'il conserve toujours sur lui. Pour le moment, je n'ai rien à craindre, ils ne peuvent pas se passer de moi. Je connais ce détroit comme ma poche et surtout je suis le plus rapide pour réparer les dégâts causés quotidiennement par la frappe des vagues, les rafales de vent et les puissants courants qui nous encerclent.

Hier soir, pour la première fois, j'ai emmené le boche tout en haut du phare, jusqu'à la grande lanterne qu'on doit allumer avant le crépuscule. Je lui ai fait faire six ou huit fois l'aller-retour dans la journée, inventant un prétexte ou un autre ! Je veux qu'il ait les cuisses et les mollets douloureux, le cou raide à force de le dévisser pour voir où il met les pieds. J'ai compté, il y a cent marches !

Même mon terrier, le vaillant Mousse, à la fin de la journée, haletait comme un chacal ! J'ai eu pitié de lui, je l'ai pris dans mes bras en fin de parcours !

Ah, le vent est puissant à cette hauteur, il nous bousculait, nous claquait le visage comme une vieille harpie, mais le morveux a soutenu l'assaut. La lanterne lui a paru d'une taille gigantesque, il n'en avait jamais vu de sa vie, le jeunot ! C'est sûr, ça n'a pas la taille d'une lampe domestique. Elle éclaire à trente-six kilomètres à la ronde !

En tremblant, après que je lui en ai fait la démonstration, il a gratté la première allumette et l'a approchée de la longue mèche imbibée de pétrole. L'idiot a failli se brûler les doigts.

À un moment, je me suis saisi de la longue-vue, et j'en ai eu le souffle coupé. J'ai cru reconnaître le bateau de sauvetage de Pepe Jim, plein à craquer. Deux hommes ramaient comme des fous à bord de l'embarcation, disparaissant, réapparaissant au gré des creux. J'espérais que la lumière du phare les aide à contourner les obstacles et les traîtrises de cette abominable côte rocheuse.

Puis j'ai entraîné le jeune soldat à me suivre en courant, sans plus tarder, sous peine d'un danger imminent. Il a redescendu à ma suite les cent marches. Sans poser de questions ! Encore plus docile que mon chien Mousse. S'ils sont tous comme lui, on va la gagner, la guerre !

Mais j'ai quand même dû lui céder ma couche et la plus grosse couverture. Ce n'est pas grave, je ne pense pas qu'il puisse dormir pour autant. Ah ! Ah ! À cause du boucan, du vent qui s'insinue dans les fentes et les fissures du phare, du vent siffleur, presque railleur qui va le tenir en éveil toute la nuit.

Dans mon lit bosselé, ça me distrait de l'entendre se lever, se relever, s'asseoir, se tourner et se retourner. Il n'y a rien à faire, les murs de grosses pierres ne sont pas hermétiques et ils sont en entonnoir. Ajoutez à ça le bruit des mouettes voraces, les troupeaux de fous de Bassan, les goélands, les cormorans, ah, ah ah ! Sans parler des corbeaux, ces inquiétants corbeaux qui ont élu domicile au phare. Il m'en a fallu, des nuits, pour m'habituer. Bienvenue dans mon « enfer », grand dadais !

Demain, juste avant l'aube, je vais le tirer du lit et lui faire monter l'escalier tout seul pour éteindre la lanterne. Après, j'ai d'autres surprises pour lui ! Il veut apprendre ? Eh bien, il va astiquer tous les cuivres, briquer les parquets, nettoyer les verres optiques, lessiver son linge et écrire dans son journal. Pardi ! Je vais lui faire tenir son propre journal de bord, on ne va pas commencer à mélanger l'allemand et le français[1] !

---

1. Jusqu'aux années 1960, le français était la langue officielle sur l'île de Jersey.

Diane Fitzgerald

Dimanche 11 mai 1941. Manoir de Noirmont, commune de Saint-Peter, Jersey.

Mon beau-père est le Bailli, le représentant sur l'île de la couronne d'Angleterre. C'est un homme sans scrupule qui avance la main dans la main avec l'ennemi, alors qu'il devrait montrer l'exemple, être à la hauteur des charges qui lui incombent, et faire honneur au Roi George VI – Gloire à notre Reine, gloire à notre Roi, gloire à leur cœur et à leur courage !

Je me souviens encore du discours de notre bien-aimé monarque George VI, quand il a compris que nous ne pouvions renoncer à entrer en guerre. Je n'en ai pas perdu une miette, le cœur battant, tout entière suspendue à ses lèvres, à son souffle, comme des millions d'Anglais avec moi. Magie de la radio.

Grâce à la BBC, je sais la vérité. Londres vit sous les bombes, il y a eu des centaines de morts, c'est vrai, mais les Allemands ne sont pas près d'envahir l'Angleterre pour autant. Je pense à mes parents, ma sœur, dont je n'ai plus de nouvelles, j'ai essayé de les joindre par téléphone (nous sommes les seuls de l'île à en posséder un), en vain. Je tremble pour eux.

Mon beau-père, lui, regrette l'éphémère roi Édouard VIII devenu le duc de Windsor. Ils partagent les mêmes idées, ils rampent devant les bottes noires, ils adorent la poigne de Hitler ! Mon Dieu, je dois me calmer. En épousant James, je savais dans quelle famille je mettais les pieds. Et j'étais si fière ! En quittant Londres le premier jour de mes noces, je me suis dit : « Voilà, j'ai réussi, moi, la simple roturière, j'ai épousé un "Prince". D'accord, il a un bras en moins, et le royaume de son père est une île à plusieurs heures de bateau de Londres, mais nous ne manquerons jamais de rien et notre condition sociale est établie, irréfutable. » Évidemment, je ne m'attendais pas à ça.

Ce matin, James s'est approché de moi, et, de son bras valide, m'a caressé la joue. Aujourd'hui, c'est son anniversaire. Nous étions au petit salon, que la femme de chambre avait mis sens dessus dessous en prévision de notre déménagement.

— Diane, à quoi penses-tu ? Ton visage est devenu si sombre. Le ciel de mon épouse tourne à l'orage ?

— Je ne pense pas que cela soit bien.

— Quoi ?

— D'habiter leur manoir. De trahir nos amis. Les Steiner nous ont fait confiance. Ton père avait dit à Elisabeth qu'avec un mari officier servant sous nos drapeaux, elle ne risquait rien. Ils habitent ce manoir depuis toujours et on les chasse du jour au lendemain ? On le leur confisque au prétexte que...

— Calme-toi, Diane, mon père n'y est pour rien. Cela fait un an qu'il les protège !

— Il est le Bailli, il a contresigné les lois anti-juives. C'est lui qui décide de l'application de la pancarte « entreprise juive », de la poursuite des biens des Juifs, tout comme de la chasse aux personnes juives. Mon Dieu, mais que nous ont-ils fait pour mériter un tel traitement ?

— Arrête ! Ne sois pas injuste. Mon père obéit aux ordres, que veux-tu qu'il fasse d'autre ? Il ne va pas mettre l'île à feu et à sang, à un contre cent, sans aucun espoir de succès, uniquement pour sauver vingt Juifs !

— Vingt Juifs, dont ses meilleurs amis ! Le mot n'a-t-il aucun sens pour lui ?

— Diane, ça suffit.

— Pardon... Mais où vont aller Elisabeth et ses enfants ?

— Ils vont être relogés, et plutôt que de laisser leur manoir devenir la propriété exclusive des Allemands, ils seront soulagés de nous savoir dedans.

— Tu crois ? dis-je.

Et je me suis tue, nouée, incapable de soulever le poids qui m'oppressait, appuyait fermement sur mes paupières, maintenait mes yeux fermés, ma gorge close. Mensonge, mensonge ! Les mots sont des papiers qu'on fait brûler dans la cheminée, j'entends les craquements funèbres des crânes écrasés sous le poids des bottes, quelle insondable absurdité que la guerre...

Le soir même, la mort dans l'âme, je n'ai eu qu'à traverser le quai et emménager dans les pièces vides et lugubres du manoir de Noirmont.

Non. Je vous mens. Je me mens. En entrant dans le salon, avec sa hauteur de plafond, son tissu fleuri rose pâle sur les murs, son grand piano couleur acajou dans l'angle, ses mille objets précieux offerts aux regards des invités comme leur seraient offerts plus tard les meilleurs vins français à la table du maître de maison, je ne pouvais cacher mon excitation.

Charles Steiner a connu Elisabeth à New York où il a fait fortune avant de revenir ici à la tête des affaires familiales. Son père a créé notre journal local, et Charles était depuis à la tête d'un groupe de presse regroupant les publications de chacune de nos îles. J'ai toujours envié leur vie. Leurs trois beaux enfants. Ils étaient mes héros.

On croit que j'ai tout pour moi. Mon visage lisse ne laisse rien voir de mes tourments intérieurs. J'ai un sourire qui cache tout. Cela fait deux ans que je suis mariée avec James, je vais avoir vingt-cinq ans et je n'ai toujours pas d'enfant. Ils pensent tous que ma mélancolie vient de là. Ils n'ont rien compris. Ma mélancolie vient de toutes ces vies que je ne peux pas vivre, des limites posées à ma vie. Elisabeth, elle, semblait avoir tout connu. Quelle aisance, quel charme !

Et voilà que maintenant, je vis à sa place, chez elle, assise à l'endroit même où Elisabeth se tenait à la droite de son mari, remplacé dès ce soir, autour de la table, par mon « charmant » beau-père.

— Une bombe a explosé au palais de Buckingham et a failli tuer le roi et la reine... Vous étiez au courant ? demande mon mari à son père.

— Oui, et d'autres ont fait des centaines de morts dans l'Est End... Tout cela aurait pu être évité si la nation n'était pas aveuglée par le monstrueux orgueil de ce M. Churchill.

— Père, l'Angleterre est un pays qui, depuis 1066, n'a plus jamais été envahi ni occupé par une armée étrangère. Nous lutterons jusqu'au bout.

Le poing serré, le buste raide, le regard droit, il fixe le pater sans ciller, mais au fond de moi, je sais qu'il tremble, je le sens. Mon petit garçon de mari.

— Ah ! Ah ! Laisse-moi rire. Des types épatants, ces Allemands ! Encore trois mois, et ils auront battu les Anglais. C'est l'armée la plus forte du monde. Hitler est un génie. De toute façon, c'est criminel de la part de Churchill de nous avoir laissés sans armes pour nous défendre, sans avions, sans soldats, sans rien... Les îles sont la plus ancienne dépendance de la couronne d'Angleterre ! Qu'il le veuille ou non ! Et devant le mastodonte allemand, vous comptez vous battre comment, hein, avec qui, avec quels moyens ? Et tu crois être bien placé pour en parler ?

L'allusion est terrible, rien ne me vient, aucun mot pour adoucir la peine de mon mari, celle d'un fils humilié. Je m'en veux de mon manque de répartie pour voler à son secours. J'en veux surtout à la cruauté du vieux.

— Et les Steiner, dis-je, pour faire diversion, vous avez de leurs nouvelles ?

— Malheureusement, ils ne m'ont pas écouté. J'ai tout fait pour leur éviter la déportation vers l'Allemagne, mais Emil-John, la nuit dernière, a réussi à s'échapper... laissant sa mère et sa sœur en otages aux mains des Allemands.

— Elles vont être déportées vers l'Allemagne ?

Ces mots résonnent dans ma tête, comme une oraison funèbre, une voie sans issue.

J'accroche le regard narquois du maître d'hôtel peint de guingois sur le tableau qui me fait face, au mur de la salle à manger. Un bonhomme à l'air buté, drôle et méchant, dont le rouge sanglant du gilet m'agresse. Je connais ce peintre. Charles aimait beaucoup les tableaux, en particulier ceux d'un certain... Oh, je ne me souviens plus du nom. Ah si, Soutine ! Il les a tous laissés là, ses trésors, abandonnés. Nous en sommes les dépositaires maintenant.

Tout à l'heure, en préparant mes affaires pour la nuit, j'ai trouvé un bracelet en or et diamants appartenant à Elisabeth dans le tiroir de la table de chevet, un bracelet qu'elle a dû oublier ou qu'elle n'a pas eu le temps d'emporter.

— Mes enfants – je frissonne à cette appellation parce que, dans la voix de mon beau-père, elle annonce rarement le meilleur –, je compte sur vous pour réserver le plus plaisant des accueils au chef de la Kommandantur qui nous fait l'honneur d'être des nôtres à partir de demain soir. Diane, il dormira dans votre chambre, enfin celle de Mme Steiner, il vous faut changer vos affaires de place. Je ne vois pas où le mettre ailleurs.

Je me tords la bouche pour ne pas hurler. Mais le vieux s'est levé en reposant sa serviette d'un coup sec sur la table, comme si chacun de ses gestes devait témoigner de sa vigueur toujours intacte. Sans un mot, je le regarde s'éloigner d'une démarche saccadée vers ses appartements privés. À partir de ce soir, je dormirai avec mon mari, nous partagerons le même lit. Ce n'est pas pour me déplaire, mais l'idée de ce porc de commandant en chef s'installant dans la chambre d'Elisabeth, se vautrant dans les draps, me révulse.

Je me lève pour aller chercher mon ouvrage à tricoter, et je me réfugie près du feu, devant la cheminée. Les aiguilles cliquettent nerveusement entre mes doigts, mon mari n'a toujours pas dit un mot, je pense à *La Belle et la Bête*, cette fable de mon enfance. Le gong immuable de la pendule indique le passage de l'heure. Dix heures, dix heures... Dix heures du matin, l'été dernier, un jour de juillet. Je renverse la tête en arrière, je souris, c'était il y a six mois et déjà une éternité. C'était le monde d'avant, quand notre île ressemblait encore à une station balnéaire à la mode avec ses cabines de bain rayées, ses jeux sur la plage, ses *garden-parties*. Je me souviens, à dix heures du matin, avant qu'il ne fasse trop chaud, nous avions rendez-vous avec les Steiner pour une partie au club de golf de Grouville (mon mari n'est pas trop gêné par son bras quand il pratique ce sport). Nous avions pris la décapotable des Steiner pour nous y rendre, suivant la route en lacets. Les Steiner étaient les seuls à posséder une voiture décapotable de toute l'île. Je me souviens de nos quatre silhouettes tassées dans la voiture, de notre insouciance, de nos rires. Nous avions joué 18 trous, une partie de plus de trois heures, « les vieux contre les jeunes », disait Charles dont l'élégance en toutes circonstances me fascinait. Les « vieux » nous avaient finalement battus haut la main.

Mon Dieu, les beaux jours reviendront-ils un jour ?

Pepe Jim

Samedi 10 et dimanche 11 mai 1941. Alderney.

On a accosté de nuit, la traversée ne s'est pas si mal passée. Mary-Lou et les petits, coincés à l'arrière du bateau, ont été un peu malades, mais ils sont restés sages. C'est un vrai coup de chance que le fils des Steiner soit venu avec nous. Quand le moteur horsbord a planté à six miles des côtes, on n'a pas été trop de deux pour ramer. Pauvre gosse, il s'était caché sur mon bateau, il m'a supplié de pas le dénoncer aux Allemands, il m'a expliqué que sa mère et sa sœur avaient été arrêtées. Pauvre petit gars. Je l'ai embarqué.

Alderney est l'île où je suis né. J'y suis chez moi.

Même le bruit des vagues sur la petite plage bordée de récifs du port de Sainte-Anne chante une chanson particulière à mes oreilles.

Et puis, là-bas, à Jersey, la situation devenait chaque jour plus difficile. Les pêcheurs, comme moi, devaient donner la majorité de leurs prises aux Allemands. Les gars nous attendaient sur le port et pas question de discuter. Nombreux sont ceux que je connais qui ont fui avec leur barque et leur matériel vers l'Angleterre, au risque de chavirer et de se noyer ! Alors, les Allemands n'ont rien trouvé de mieux que d'interdire aux personnes ayant de la famille en Angleterre d'utiliser leur bateau. Ils allaient me confisquer mon gagne-pain ! J'ai dit à Mary-Louisa : « Vite, fuyons, vite, mon instinct me dit que ce sera mieux à Alderney, ce n'est plus possible ici. »

On a fini notre nuit dans une des cabines de bois abandonnées sur la plage, tous serrés dans la même pour se tenir chaud. Au petit matin, je suis sorti le premier pour repérer les lieux. J'en ai pas cru mes yeux, une ville fantôme, sans âme qui vive. On dirait que chacun a fui, laissant sa tâche en cours, dans la précipitation. Un bateau à moitié remonté par la poulie du port, l'hôtel de la plage, volets et portes ouverts à tous vents, les tables dressées dans la salle à manger, et personne nulle part. Les stores des magasins même pas fermés et, à part le vent, le bruit régulier des vagues, le cri familier des oiseaux, un silence étrange comme en pleine mer quand la trace de l'homme a disparu. J'étais heureux d'annoncer la bonne nouvelle à ma femme et mes enfants :

— On va rester ici, en sécurité, en paix. Il n'y a plus personne, il suffira de cultiver la terre, pêcher notre poisson et attendre que ça passe.

— Pas question ! Je veux me battre, a dit le fils Steiner. Aide-moi à dénicher une barque et je rejoins l'Angleterre. Je veux retrouver mon père !

— La guerre, petit, c'est pas ce que tu crois ! Tu ferais mieux de rester ici. Tu pourrais nous aider aux champs.

Mais le jeune Steiner, têtu comme une mule, n'a rien voulu savoir.

Je l'ai aidé à choisir la meilleure embarcation parmi celles qui restaient au port. Un couple et quatre garçons sortis d'on ne sait où nous ont rattrapés au moment où on la mettait à l'eau et ont voulu nous en empêcher. La femme du couple à qui semblait appartenir le bateau nous a indiqué qu'ils comptaient traverser le soir même pour l'Angleterre. « Éventuellement, il nous reste une place à bord, mais pas deux ! » « Ça tombe bien, tu vois, la chance te sourit », j'ai dit au gamin.

Je les ai accompagnés de l'autre côté de l'île, face à l'Angleterre.

« Allez-y, ramez, c'est tout droit, une fois en pleine mer, vous ferez démarrer le moteur, profitez-en, il va y avoir deux jours de brouillard et de calme plat. Amen », j'ai dit, en les saluant d'une main.

Avec ma femme, dans la journée, on s'est choisi une ferme, abandonnée elle aussi, pas loin de la côte, parce qu'il y avait une vache qui paissait tranquillement dans le champ voisin. J'ai pris la ferme, et la vache, à qui j'ai donné un petit nom : Blanchette.

Nathalie Goldman

Samedi 15 juin 2013. Saint-Hélier, Jersey.

À mon arrivée au Elizabeth Terminal de Saint-Hélier, ce ne sont pas des maisons de couleur bordant le port façon carte postale qui m'accueillent, mais une vraie gare maritime, aux dimensions industrielles, avec ses grues et ses bâtiments en béton. Je vais enfin être confrontée à la réalité de l'île d'aujourd'hui, à son développement incroyable, comme un véritable pays, et en finir avec les images désuètes qui peuplent ma tête.

Dans la file d'attente des taxis reconnaissables à leurs plaques jaunes, je tombe sur une Jaguar, ce qui a l'air parfaitement normal ici.

Hélas, ce raffinement ne dure que le temps du voyage jusqu'à mon hôtel. Je l'ai choisi sur un site Internet pour les forfaits trois nuits/deux jours à des tarifs imbattables qu'il offrait. Et pour cause ! J'ai l'impression de débarquer dans un pays de l'Est, dans un de ces hôtels froids et bétonnés des environs de Prague, figés dans les années 50. Même la réceptionniste, charmante au demeurant, a un accent typique de ces régions (j'apprendrai plus tard qu'elle est tchèque, installée ici depuis deux ans).

La population de l'hôtel que je croise dans les longs couloirs tandis que je suis les numéros et cherche ma chambre me fait penser à celle d'une maison de retraite et je sens le bourdon me gagner. En ouvrant la porte, je tombe sur un endroit qui ressemble à une sorte de wagon-lit avec une minuscule ouverture dans le mur côté mer. J'en ressors effrayée, redescends à la réception et décide de payer un supplément pour une chambre plus spacieuse avec un balcon sur la mer.

Rien n'est joli, rien n'est agréable dans cet hôtel, sauf la jeune femme de la réception qui se met en quatre pour me satisfaire. Elle m'a même fait installer un bureau face à la mer et trouvé un adaptateur pour la recharge de mon téléphone (l'angoisse d'être coupée du monde avec un téléphone devenu inutile est montée d'un coup et je me suis vue repartir dans la seconde pour Paris).

Je me concentre sur la lecture de mes notes et oublie la tapisserie orangée, le couvre-lit marron, le sol à la moquette beige tachée. Je laisse les personnages que j'ai essayé de coucher sur le papier venir me parler, m'envahir, prendre possession de moi. Je dois témoigner pour eux.

Note historique n° 3

John Le Gallais rejoint un commando qui débarque sur l'île de Sercq (la plus petite des îles anglo-normandes) dans la nuit du 3 au 4 octobre 1942. De par sa taille, les Anglais pensent qu'elle sera la plus facile pour mener à bien leur mission de reconnaissance à laquelle ils ont donné le nom d'opération Basaltz. Ils ont aussi pour objectif de capturer le maximum de soldats allemands afin de les faire parler.

Ils reviennent avec un seul prisonnier mais qui leur apprendra beaucoup sur le déploiement des forces hitlériennes sur les îles[1].

---

1. Il y eut deux opérations commando précédentes. Le 6 juin 1940, le lieutenant Nicolle est envoyé en repérages sur l'île de Guernesey, il se fait prendre. La nuit du 14 Juillet 1940, les forces britanniques lancent l'opération Ambassador sur l'île de Guernesey et c'est un échec également. En 1943, Lord Mountbatten proposera le plan Constellation, afin de reprendre toutes les îles.

1942

Victoire Le Gallais

Vendredi 13 février 1942. Rue du Galet, Moulin de Fliquet, commune de Saint-Hélier, Jersey.

Tu m'as donné rendez-vous à midi précisément, au nord de l'île, sur la baie de Rozel, à notre repère habituel, le trou n° 1, près du dolmen de Couperon, première escale dans la montée vers le sommet de la falaise.

Quand j'arrive enfin sur les lieux, tu es là, tu m'attends, les jambes croisées, adossé au talus herbeux qui forme une sorte de creux naturel dans le terrain, à deux enjambées du vide, là où on a fumé ensemble nos premières cigarettes. Le soleil s'est voilé et laisse présager une ondée. Tu me concèdes à peine le temps de reprendre mon souffle, et on continue de grimper, en suivant le sentier étroit, parmi les ronces et les ajoncs, jusqu'au sommet. Tu n'arrêtes pas de parler, alors que moi, j'ai besoin d'éprouver le silence, d'écouter le fracas de la mer contre les rochers. J'ai beau me plaindre, rien à faire, ta voix couvre tout. Surtout, tu répètes en boucle, d'un ton lugubre : « Le pire est à venir, ma sœur, le pire est à venir. » Dans un déchaînement de colère soudain, sans comprendre pourquoi, je fonce dans ton dos, je te pousse dans le vide, je te regarde tomber avec une joie mauvaise, la tête en bas, le corps désarticulé. Puis d'une main, j'arrache mes cheveux longs, ma robe, je porte un pantalon, une chemise brune et un brassard avec une croix gammée. J'écarte les jambes, le bassin en avant, en trophée, les pieds bien campés sur la terre, comme je t'ai si souvent vu le faire dans une pâle imitation de notre père, et je crie : « À moi maintenant, c'est moi, le frère, le fils, le préféré de ma mère, l'héritier de mon père ! Ah, ah ! Richard Cœur de Lion vous salue ! » Et l'écho porte mon cri terrible mêlé de rires affreux par-delà les mers...

Je me suis réveillée en pleurs, j'étouffais, mon cœur battait à toute allure. J'ai rallumé et j'ai retrouvé mon calme peu à peu. La nuit, dehors, sifflait de mille bruits, une nuit noire, froide, venteuse, où les bêtes dorment d'un œil, où les chouettes hululent. D'un seul coup, j'ai réalisé combien j'étais seule, isolée, au Moulin, avec pour toute défense un fusil de chasse dérobé à la surveillance de la Gestapo et qui risquait de m'envoyer en travaux forcés, s'il était découvert. J'ai pensé aux Marks, blottis l'un contre l'autre dans la paille de la grange, condamnés à une vie de clandestins ou à la prison, et peut-être à la mort, et cela m'a redonné du courage.

Je n'ai pas le droit d'avoir peur, mon devoir est de protéger une famille. En une année, j'ai pris cent ans d'âge. C'est la réalité de ma vie sur terre maintenant. Ce n'est pas ma faute, non, ce n'est pas ma faute si j'occupe la place de mon frère et de mon père avant lui. Je vaque aux travaux de la ferme, je nourris les bêtes, je répare leurs abris, je coupe les arbres, un vrai garçon. D'ailleurs, mes seins ont arrêté de pousser. Je ne sais pas si c'est lié, peut-être que je n'aurais jamais eu une grosse poitrine de toute façon. Et cela m'est bien égal.

Viens là, toi, Blandine, viens me voir, si tu veux que je te soigne ! La chèvre tourne son nez rose vers moi, bêle, je lui réponds en faisant le même bruit, puis je l'attrape par le cou, caresse ses longs poils laineux. Le bouc qui broute dans l'herbe non loin de là me jette un regard méfiant. Son odeur si particulière, chaude et acide, mêlée aux relents de varech venus des plages emplit l'espace pour mon plus grand plaisir. Viens là, chevrette, que j'attrape tes pis. La femelle se laisse faire. Je cale un large seau de fer entre ses pattes arrière et je malaxe une à une ses mamelles. Des pendants de chair gris et râpeux dont sort un lait tiède, odorant et juteux. Mais bientôt le pis serré dans ma main droite s'arrête de couler. Je la congédie d'une tape sur les fesses. Allez, va-t'en, va rejoindre ton mâle. J'ai encore à bêcher toute une rangée de salades et à ramasser la valeur d'un ou deux sacs de pommes de terre. Avant que les gars de la Feldkommandantur ne viennent tout saisir et me demander des comptes ! Ces salopards envoient des tonnes de pommes de terre et de tomates en France où les stocks sont au plus bas, paraît-il, alors que nos propres réserves sur l'île sont en chute libre. Peut-être que de nous affamer fait partie du plan. Les paroles de mon frère, entendues dans mon cauchemar de la nuit, reviennent me harceler.

« Tout bonheur commence par un petit déjeuner tranquille », c'est la phrase du jour que je découvre en haut de la une du *Jersey Evening Post*, étalé devant moi sur la nappe à carreaux de la table de cuisine. Ils ne manquent pas d'humour, ces salauds d'Allemands. Je souffle sur la tasse de thé brûlant qui réchauffe mes doigts glacés. Tout le monde sait que les Steiner ne maîtrisent plus leur journal, et moi je continue de l'acheter en espérant qu'il va me donner des nouvelles du fils de son propriétaire. Pathétique, je suis !

— Ah ! Victoire vous êtes là ! Quel temps de chien, me dit le Connétable Cody en essuyant ses gros pieds au seuil de la porte vitrée.

— C'est gentil de venir me voir. Asseyez-vous. Je vous sers à boire ?

Je suis consternée, mais je ne dois pas le montrer.

— Je rêve d'un bon cidre chaud. Celui de votre mère n'a pas son pareil dans toute l'île !

— Je vais essayer de le réussir aussi bien qu'elle, mais on n'a presque plus de cannelle, encore moins d'épices.

— Ce sera chaud et sucré, c'est déjà ça !

Tandis que je lui tourne le dos et attends que le cidre frémisse dans la casserole, je l'entends tousser.

— Ils ont interdit les postes de radio. Je me charge de la collecte pour toute la paroisse. Vous en aviez un, il me semble ?

Je me retourne d'un bloc, la casserole de cidre bouillant à la main.

— Un vieux, il a rendu l'âme, personne ne savait le réparer. Pour ce qu'on l'utilisait ! On l'a jeté. Je vous sers ?

Sans trembler, je fais couler le liquide chaud et ambré dans le bol qu'il me tend d'un air gourmand.

— Comme si j'avais le temps d'écouter la radio !

J'essaie de calmer ma voix qui grimpe dans les aigus dès la première tension. Je m'essuie les mains sur mon tablier. En fait, je les cache, j'ai peur qu'elle ne me trahisse.

— Et ma mère encore moins que moi ! Elle n'a plus une minute à elle, avec l'Épicerie centrale. Mais pourquoi nous interdire les postes de radio ? Quelle drôle de décision !

Merci, mon Dieu, merci, docteur Lewis ! Il y a de ça huit jours il s'était mis en tête de nous trouver une cachette indétectable pour le poste de la ferme. Il avait retiré quelques briques de la cheminée et avait caché la radio dans le mur, il n'y a que le fil électrique qui dépasse, mais on croirait le fil d'une baladeuse. C'est essentiel pour nous d'avoir des nouvelles de ce qui se passe en Angleterre. Le fil de la radio est le seul lien qui nous rattache au monde libre, au-delà des îles de la Manche.

— Ils veulent tout contrôler, dit le Connétable, en soufflant sur son bol. Viens t'asseoir à côté de moi, n'aie pas peur, fillette. Y a encore peu de temps, je te faisais sauter sur mes genoux.

— Laissez, je suis sale comme un peigne, j'étais avec les bêtes.

Je m'écarte, c'est plus fort que moi. Je pourrais lui planter un couteau dans la cuisse s'il tentait le moindre geste.

— Vous qui êtes au courant de tout, maintenant... Savez-vous ce que sont devenus les Steiner ? Voulez-vous que je vous fasse une tartine ? Il me reste encore un peu de beurre.

— Volontiers. Les Steiner ? Ils sont juifs.

Il hausse les épaules.

Silence. Je ne sais plus quoi dire. L'horreur. Je m'empare de la casserole pour faire de la place sur la table. Soudain, le Connétable me saisit le bras et murmure le plus près possible de mon oreille :

— Je vais te donner un tuyau, ma petite. Écoute bien. J'en crois pas un mot, que t'aies pas envie d'écouter les nouvelles à la radio. Si jamais la mémoire te revient, tu pourras toujours me déposer ton poste au bureau de la Feldkommandantur. Et comme je t'aime bien, je ne dirai rien.

Ce faisant, de son autre main, il m'attrape l'entrejambes et m'attire à lui. Je le repousse en hurlant. Dans le mouvement, la casserole tangue, je lui renverse un peu de liquide brûlant sur les genoux.

— Fouillez, fouillez toute la maison si vous ne me croyez pas ! ça m'est égal !

Les yeux baissés – ah, son regard de fouine, comme je le hais –, il finit son bol en silence, puis, la moustache sombre encore humectée, se lève et s'en va.

Je rejoins les Marks dans leur soupente. Dans la lumière de ma lampe, se dessinent leurs joues maigres, leurs yeux hagards, témoins de leur épuisement.

— Tu n'as pas peur qu'ils te prennent au mot et viennent fouiller toute la maison ?

— Si, bien sûr.

Je ne sais plus quoi dire, je me sens idiote, j'ai honte.

— Laisse tomber, Victoire, on va aller se cacher ailleurs, marmonne Karl Marks.

Les deux enfants jouent en silence comme on leur a appris, dans la cabane de paille qu'ils ont construite, à quelques mètres derrière leur mère. Une odeur lourde et rassurante de purin flotte dans l'air. Mme Marks, tassée, serre contre sa poitrine un vieux châle crasseux. Soudain, elle semble sortir de sa torpeur et s'adresse à ses enfants :

— Allez faire votre toilette. Je vais vous préparer des bassines d'eau chaude, après ça, on avisera.

Je les suis des yeux tandis qu'ils redescendent par l'échelle, un à un.

Je me sens coupable de les avoir mis en danger et je n'ai pas de solution de repli à leur proposer.

Samedi 14 février 1942. Épicerie centrale.

Ma mère, quand je la rejoins à l'épicerie et lui raconte ce qui s'est passé hier, prend son air très contrarié.

— Je ne vois plus qu'une solution : qu'ils viennent ici même, dans la cave. Personne n'ira plus les chercher dans leur ancienne épicerie. Le docteur Lewis lui-même est en danger. Nos envahisseurs nous montrent peu à peu leur vrai visage. Le docteur m'a raconté qu'au « German Underground Hospital[1] » où il est réquisitionné il voit tous les jours arriver des jeunes gars dans un état sanglant. Les tunnels froids comme la mort de l'hôpital deviennent leur tombe pour la plupart d'entre eux. Ce sont des prisonniers du front de l'Est, des Russes, qui ont été ramassés pour servir de main-d'œuvre ici. Ils sont employés comme des esclaves à construire des fortifications sur tout le tour de l'île, avec des milliers de tonnes de roche extraites des carrières au péril de leur vie, plusieurs périssent dans la chute des blocs de pierre et[2]...

Elle s'arrête à bout de souffle, torture un chiffon sale entre ses mains avec lequel elle s'essuie les yeux.

Ma pauvre Maman, elle me paraît si fragile tout à coup, épuisée nerveusement, Maman, n'aie pas peur, j'ai envie de lui dire, mais moi aussi je crève de trouille, moi aussi je survis avec la sensation d'avoir du plomb dans le ventre, un étau autour de la tête, avec à la fois l'envie et la crainte ignoble de disparaître.

---

1. L'Hôpital Souterrain, construit pour les blessés allemands, et transformé depuis en musée, qui retrace l'histoire de l'occupation des îles pendant la Seconde Guerre mondiale. La visite des Jersey War Tunnels attire chaque année plus de monde.

2. Plusieurs milliers d'esclaves en provenance de toute l'Europe occupée ont été envoyés dans les îles anglo-normandes. Ils étaient allemands opposants au régime nazi, « droits communs », objecteurs de conscience, Espagnols républicains réfugiés en France et livrés aux nazis par l'administration Pétain, Polonais, Russes, beaucoup de Soviétiques...

Cependant, j'ai découvert le meilleur antidote contre ce poison sourd qui poisse ma tête, engourdit mes membres, tétanise mes muscles et me paralyse peu à peu : l'action.

Dans la nuit, j'aide les Marks à déménager. Cela ne va pas sans mal, on doit braver le couvre-feu, le noir angoissant, l'ennemi qu'on imagine partout tapi. Les deux enfants, Claude et Annette, sont mignons, ils ont accepté sans trop de simagrées le tissu rêche et crasseux dont on a bâillonné leur bouche.

À un moment, on marchait sur le bord de la route, on s'est tous précipité dans le fossé, en priant que la voiture pleins phares qui fonçait sur nous ne nous voie pas.

On s'en est sorti, et je pense qu'ils sont à l'abri maintenant.

J'aurais voulu ne jamais croiser le regard désespéré des enfants quand ils ont compris que leur nouvelle maison serait cette cave, ces quatre murs humides et sombres sans aucune lumière du jour. Adieu chevrette, paille, lait de vache, réveils à l'aube avec le soleil qui se lève sur les champs. L'été prochain se fera sans nous, disaient leurs yeux.

Lundi 16 février 1942. À vélo, sur la route de Saint-Hélier, Jersey.

J'ai croisé un spectacle d'horreur que je ne suis pas près d'oublier.

On les a rangés en colonne, deux par deux. Ils avancent vers moi, pieds nus et en sang, enchaînés l'un à l'autre par les chevilles, en haillons, le visage gris, tellement gris qu'on le croirait couvert de cendres, revenus de l'autre monde. Parmi les hommes, des jeunes garçons. Tous se traînent, à bout de force, entourés de soldats tenant des chiens en laisse, des chiens féroces, prêts à leur sauter à la gorge, que les soldats conduisent à coups de fouet, en vociférant dans leur langue. Je les regarde stupéfaite, incapable d'un seul geste, changée en pierre. Dès qu'ils arrivent à ma hauteur, je sors mon pain de la sacoche arrière de mon vélo et le leur lance. Vite, leur donner du pain, des fruits, ce qu'il y a dans mon sac de provisions au retour de l'épicerie. Aussitôt c'est la mêlée. Ils attrapent le pain, se le disputent, se l'arrachent. Ils ont des yeux de loup.

Un jeune homme aux boucles blondes court après les pommes qui s'échappent. Le fouet s'abat sur lui, frappe et frappe encore, je hurle devant son pauvre dos secoué de larmes, zébré de sang. Deux casqués me saisissent par le bras, me repoussent sur le côté, je m'agrippe à mon vélo et bascule dans le fossé.

Ne plus bouger. Fermer les yeux et oublier, oui, j'aurais pu rester dans le fossé bien après le couvre-feu, j'aurais pu y rester jusqu'à… C'est Paul Landry qui m'a trouvée. Le fils de cette garce de boulangère, avec qui je me suis finalement réconciliée. Il m'a prise dans ses bras, il m'a secouée. « Eh ! On compte sur toi, c'est pas le moment de nous lâcher. »

Paul a compris la situation et il est malin. Il n'a rien montré à ses parents, il a continué à être le « fils modèle » comme il dit, pour tirer bénéfice de sa proximité avec les officiers allemands que sa mère reçoit sans vergogne, ou avec qui elle s'affiche au restaurant.

C'est lui qui m'a parlé de rejoindre ses amis avec qui ils forment une cellule du Parti communiste. Sur place, ils organisent la résistance avec les moyens du bord.

Quand je lui ai raconté la scène que je venais de vivre, il m'a chargée d'une mission : cacher de la nourriture pour les prisonniers russes aux alentours de leur camp de travail, dans les buissons qui bordent la route.

J'irai dès ce soir, à la nuit tombée. L'action comme antidote.

Emma Landry

Vendredi 17 juillet 1942. Landry's pub, ville de Saint-Hélier, Jersey.

Il s'appelle Féodor ! Ça ne s'invente pas ! Il s'est sauvé d'un camp de prisonniers, il y a de ça une semaine. Il est à peine plus âgé que mon fils. Quand j'ai découvert ce fauve blond, au milieu de mon potager, hagard, vomissant de faim et de fatigue, la chemise en sang, je n'ai pas eu le cœur de le dénoncer. Je l'ai emmené dans ma cuisine et, au premier verre de lait qu'il a bu, il s'est évanoui, alors je me suis dit, quelles que soient les conséquences, Emma, tu te dois d'aider ce jeune Russe, c'est un allié ! Depuis, je le cache. Je l'ai installé à la cave.

Oui, je trompe mon mari. Depuis le temps que le vieux Raymond ne m'a plus touchée... ça fait quoi, dix ans, peut-être plus ? j'ai toujours été brouillée avec les calendriers ! Il ne me supporte plus, par moments, je le sens. On est tous les deux coincés, avec Paul, notre fils unique, entre les quatre murs d'une vie de vieux couple. Une vie de médiocres. Lui, il est vieux, il s'enfonce, il voudrait que je coule avec lui. Mais moi, il y a beaucoup d'années que je n'ai pas vécu encore, je n'ai pas son âge. Quelle erreur de croire qu'épouser un homme plus âgé va faire ressortir votre jeunesse ! Tu parles ! On tombe dans le même panier ! Il me fait des reproches tout le temps. Il n'aime pas ma cuisine, il dit que je cherche à l'affamer.

Faut avouer que je donne une partie de la ration de mon mari à mon jeune Russe. Vingt-cinq ans à tout casser, et une peau d'une blancheur, avec ça ! Avant lui, je me rends compte que je ne savais pas ce qu'atteindre le septième ciel voulait dire. On n'est plus dans la chatouille, le massage, le Popaul qui vient dire bonjour et qui repart épuisé. Non, c'est une vague profonde qui vient me labourer les tripes, m'essorer, me laisser en pleurs sur l'oreiller, c'est un râle qui me déchire la poitrine, comme un ange qui monte, qui monte et qui trouve enfin la lumière.

— Bouge pas, mon petit amour, ne bouge pas.

Je chuchote dans l'obscurité que troue à peine la flamme de ma bougie et j'essuie la lame pleine de poils mélangés à l'eau et au savon contre la serviette que j'ai nouée autour du cou de mon Féodor.

— On dirait que j'ai fait ça toute ma vie, non ?

Penchée sur lui, le buste en avant, j'approche mon visage tout près du sien. Il plisse ses yeux de loup, ce qui fait remonter ses belles pommettes slaves, mon sauvage, mon homme des steppes, j'aime la rigidité du rasoir entre mes doigts, le crissement de la barbe, l'onctuosité de la mousse, la fraîcheur, la souplesse de sa peau que je ne peux me retenir d'embrasser.

Dans le miroir que je lui tends, se reflètent ses dents encore blanches, les murs humides et frais de la cave qui nous entourent. Il s'empare de mon sein, le froisse, le pétrit, puis, d'un mouvement brusque, il ouvre mon corsage, et le porte à sa bouche, lèche les perles de sueur autour du mamelon. J'aime ses mains larges et râpeuses, sauvages. Je ferme les yeux, les murs tournent, il a remonté mon jupon, m'a installée à califourchon sur lui, je me laisse prendre. Il jouit vite. Trop vite. Mais quelques minutes se passent et il est prêt à me reconquérir. Il m'a basculée sur la couche que je lui ai installée au fond du réduit obscur et me fait mordre l'oreiller, la jupe relevée, les fesses tendues. Oh oui ! Je râle, l'ange remonte du fond de mes tripes, oh oui… Chut ! Il ne faut pas que mon mari entende. Ni mon fils. Ni un des officiers allemands qui viennent chez moi comme chez eux, qui m'invitent à sortir le soir et me pelotent sans vergogne. Féodor est mon secret, ma folie, ma proie, mon réfugié. Mon mari ignore sa présence. De toute façon, il est sourd, j'ai rien à craindre, et aveugle aussi, quand ça l'arrange.

Après l'amour, Féodor vient se blottir contre moi, il continue de m'embrasser, de me caresser, il sait que je peux jouir encore et encore. Puis il remonte sa main trempée d'entre mes cuisses et lèche ses doigts, un à un, me montre qu'il aime ça.

L'anglais de Féodor est très élémentaire, mais on se comprend. Surtout on n'a pas besoin de se parler. Comme dans n'importe quelle relation clandestine, personne ne doit savoir.

Chut, je mets le doigt sur ma bouche.

Il fronce les sourcils, il a l'air inquiet.

Alors, je lui explique, je n'ai pas peur des officiers allemands qui sont mes clients. Je redoute plus les nouveaux, ceux de la Gestapo. Mais il n'y a aucune raison qu'ils descendent dans la cave, *notre* caverne, ta prison d'amour. Oui, mon bébé, tu es mon prisonnier. On est tous le prisonnier de quelqu'un.

Féodor commence à se rhabiller et me supplie de lui trouver des faux papiers.

Il cherche ses mots, je le reprends patiemment, l'aide à formuler sa pensée. C'est nécessaire qu'il maîtrise mieux l'anglais s'il veut passer au travers des contrôles, le jour où il ressortira.

Il n'a qu'une hâte, c'est de rejoindre la résistance, continuer le combat.

Je lui promets d'aller voir Grandpied, l'artiste de l'île, le sculpteur, le fournisseur en faux papiers.

Mais je n'en ferai rien. J'en suis incapable. Je ne supporterais pas de le perdre.

Note historique n° 4

Convoqué au bureau de Churchill, John Le Gallais rapporte ce qu'il a appris du seul nazi qu'ils ont réussi à capturer lors de l'opération Basalt. Le nombre de contingents allemands débarqués sur les îles est proprement stupéfiant, il y a en moyenne deux soldats pour un îlien et le projet fou de Hitler est, en ce qui concerne Jersey, Guernesey et Aurigny, de les ériger en forteresses imprenables en les intégrant au mur de l'Atlantique dont il a démarré la construction en France. Il a du mal à cacher son désespoir. Churchill hausse les épaules, depuis le temps qu'il dit que cet Hitler est complètement cinglé ! Ils vont l'écraser comme une vermine, ils ont remporté la bataille d'Angleterre. Les nazis n'ont pas fait plier son pays, le peuple anglais ne se laissera jamais faire, pas comme les Français !

John, désespéré – et qui vient d'apprendre qu'il a perdu son fils unique –, pense à sa femme et à sa fille, prisonnières de l'île.

Captain Richardson

Samedi 18 juillet 1942. Phare de la Corbière, Jersey.

Je souligne toujours. C'est important de savoir quel jour on est, et que rien n'arrête le passage du temps ! Encore une armée entière qui est arrivée hier par la mer. J'ai fait un signe avec mon phare aux navires ennemis. Quelle indignité d'être obligé de guider ces vampires sur la bonne route ! En une seule journée, j'ai compté quarante bateaux et barges déchargeant au port de Saint-Hélier.

Semaine après semaine, des milliers de sacs de ciment s'entassent sur nos plages, destinés à leurs hideuses fortifications : bunkers, tours d'observation, casemates et autres constructions militaires, et des tunnels et des entrepôts souterrains. Les rats sont bâtisseurs. Ils grouillent, ils nous ont envahis, on est devenu une île de rats nombreux qui bientôt vont se bouffer entre eux, des dizaines de milliers de rats.

Au travers de mon verre optique, quel que soit l'endroit que vise ma longue-vue, je ne vois plus qu'eux, dans leur costume vert-de-gris. Et ils déchargent des tanks aussi et des obusiers et des canons anti-aériens et des mortiers, des mitrailleuses, des lance-roquettes. Ils ont bâti quatre bunkers autour de mon phare et une tour de contrôle qui leur donne les ordres sur le mont du Grouet qui le surplombe, juste en face. Ridicule, qu'est-ce qu'ils croient ? Qu'on remplace un phare comme ça, en bâtissant à la va-vite une tour concurrente, grotesque ! Ils ont peur, ces bandes de minables, ils le savent déjà que Churchill ne va pas en rester là ! Ils tremblent dans leurs frocs ! Qu'ont-ils fait à notre île, ces salauds ? Leurs installations militaires défigurent les falaises, les plages, la beauté de la lande. Ils salissent tout, ils ne respectent rien. Et sur l'île d'Aurigny, je me demande ce qu'ils préparent. C'est fou, le nombre d'hommes et le matériel qu'ils envoient là-bas !

Mon pauvre chien Mousse va perdre le peu de voix qu'il a, à force d'aboyer en vain toutes les nuits. Le dadais a encore fait un boucan pas possible hier soir. Cette grande asperge reçoit des filles. Des filles de l'île. J'en connais certaines, et j'en témoigne ici dans mon journal pour la postérité. Je peux vous dire qu'elles ne sont pas là pour les qualités physiques du grand dadais. Je les entends glousser, gémir, tout ça c'est du rire, des soupirs forcés, j'ai honte pour elles, et j'ai honte pour moi d'en être réduit à ça. Par moments, je me demande si je les entends simplement ou si je les écoute, si je traque leurs petits bruits, leurs halètements. Morbleu, elles font ça à plusieurs ! Je m'interdis d'imaginer une chose pareille, ma pauvre épouse se retournerait dans sa tombe. Ces histoires me mettent dans un état de nerfs pas possible. Comment je peux travailler sereinement le lendemain, hein ?

La plupart du temps, il faut dire, le phare ne fonctionne pas, il est à l'arrêt forcé, c'est presque la seule mission de cet Allemand borné, m'empêcher de guider les bateaux français ou anglais. Moi, dont la préoccupation principale a toujours été de maintenir le feu qui va droit au cœur des navigateurs ! Ils veulent m'empêcher de faire mon métier, de surveiller l'horizon maritime et le bon fonctionnement des balises qui m'entourent et jalonnent la mer.

À ce propos, j'ai l'impression qu'ils ont éteint le phare d'Aurigny et même celui de Guernesey. Cela fait dix jours que je n'arrive plus à entrer en communication avec eux. Une grossière erreur ! Une de plus ! En cas de brouillard dans leurs parages, qui va lancer la corne de brume ?

Moi, je garde le phare, et il faudra me passer sur le corps pour que je le quitte, je suis le capitaine ! Un capitaine prêt à mourir avec son navire. J'ai menacé le Boche en hurlant, un matin où il avait encore une fois poussé le bouchon trop loin. J'ai réussi à lui foutre la frousse. Il a encore besoin de moi. Personne ne sait pour combien de temps.

Il y a quelques heures, j'ai aperçu à l'aide de ma longue-vue un bateau en difficulté. Impossible de voir son pavillon. Dans le doute, dès que le soleil s'est couché, je suis monté allumer la lanterne pour l'aider. C'est plus fort que moi, j'imagine mon fils à bord de chacun, mon fils dont je n'ai plus jamais eu de nouvelles, dont le corps gît peut-être au fond de la mer...

Fiston, si tu voyais ce que le phare est devenu ! Je me cogne partout aux verres, aux bouteilles vides, il y a des mégots sur le sol, les cendriers débordent, j'ai même retrouvé une culotte déchirée, coincée entre les coussins d'un des fauteuils en cuir. Le pire, c'est qu'ils boivent ma bière ! Quand j'ai voulu m'en servir une dernière pour m'aider à supporter le parquet rayé et les cuivres ternis, ma réserve avait diminué de plus de la moitié ! Mon sang n'a fait qu'un tour. C'est comme ça que la bagarre a commencé. Je suis allé sortir du lit cet enfant de salaud, lui demander des comptes. On en est venu aux mains, on s'est cogné, et paf ! Le grand dadais maladroit a cassé un des verres optiques. Tu te rends compte ? Toi, tu connais leur valeur.

Dès ce matin, j'écrirai à ses supérieurs de la Feldkommandatur pour dénoncer ce qui se passe ici, relever cet incapable, ce libertin, de ses fonctions, ça ne peut plus durer. Ils ont introduit un débauché dans mon lieu sacré, dans mon foyer, ça équivaut à un viol. Quelqu'un est entré dans mon musée, dans mes pensées. Un ennemi, un rongeur, un tueur. Il aspire mes forces, goutte à goutte.

Heureusement, ce matin, j'ai eu droit malgré tout à mon petit rayon de soleil. J'étais descendu promener Mousse sur la jetée et profiter de l'air vivifiant, quand mon chien s'est mis à tourner autour d'un autre terrier de la même race et de la même couleur. Je connais ce chien, mais je n'aurais jamais eu l'audace d'aborder sa propriétaire, Diane Fitzgerald, bien qu'elle soit la seule personne de la paroisse de Saint-Hélier à oser s'aventurer jusqu'ici.

Au final, elle s'est montrée d'une grande simplicité. Et j'avais tellement besoin de parler, de me confier autrement qu'à des fantômes !

Quand j'ai eu fini de lui raconter mon calvaire, elle a levé sur moi ses yeux bleu mer et j'y ai lu toute la compréhension dont je pouvais rêver.

Cette petite dame et moi, on cst sur la même longueur d'onde.

J'ai même cru voir deux larmes perler au coin de ses paupières si délicates, déjà rougies par le grand air, et elle a murmuré : « C'est drôle, ce que vous me dites là, c'est exactement ça que je vis, moi, aussi au manoir de Noirmont, depuis qu'ils sont arrivés. »

Diane Fitzgerald

Lundi 23 novembre 1942. Manoir de Noirmont, Saint-Aubin, commune de Saint-Peter, Jersey.

Je suis très sensible à l'ordre et à la propreté. Je veux dire, c'est un trait de mon psychisme. Je ne suis pas maniaque, disons que j'ai besoin de repères ; sans points fixes, tout fout le camp. Je me demande si tout le monde est sensible comme moi à la propreté, ou si c'est une marque de vulnérabilité chez moi. Quoi qu'il en soit, je dois m'habituer à être plus ou moins sale, comme mes vêtements. Quand je regarde mon mari, j'ai l'impression d'une autre personne, lui que j'ai toujours connu tiré à quatre épingles. Il n'ose plus s'approcher de moi, il trouve que je sens mauvais. Évidemment, nous ne sommes pas les plus à plaindre grâce aux « relations » de mon beau-père. Quand même, le savon se fait rare. Un pain par personne et par mois. Un savon sans mousse. Je frotte, je frotte sur ma peau, rien, pas une bulle, on dirait le frottement d'un galet poli par la mer. Pareil pour la lessive, elle ne mousse pas. Avant la guerre, j'achetais mes robes à Paris, des belles robes aux tissus fragiles et soyeux, alors elles s'usent plus vite que des vêtements ordinaires. Désormais, j'ai le choix entre garder ma robe propre et en faire une loque, ou l'économiser et fermer les yeux sur les taches, la saleté, les auréoles qui se forment au niveau des bras.

Durant tout l'été, je me suis baignée plusieurs fois par jour, l'eau salée me lave, me purifie, me régénère, ils ne savent pas à quel point cela m'a aidée à supporter notre situation. J'ai trouvé une plage discrète, loin de chez nous, vers la pointe, du côté du phare de la Corbière. Je prends le petit train pour m'y rendre, cela fait partie de nos privilèges, les Allemands n'autorisent pas les autres habitants de l'île à l'utiliser.

Mon mari me prend pour sa tête de Turc. Il se moque de mes auréoles sous les bras. C'est vrai, j'ai toujours eu une sueur abondante à certains jours du mois. Il en profite pour me faire des réflexions devant tout le monde, dit qu'on me suit à la trace, en fronçant le nez d'un air mauvais, en demandant qu'on ouvre les fenêtres dès que j'entre dans une pièce. Même ces jours-ci, quand il s'est mis à neiger dehors. Il dit tout ça avec beaucoup d'esprit, tout le monde rit à ses traits d'humour, lui-même doit penser que ce n'est pas cher payé pour alléger l'ambiance d'enfer carcéral du manoir. Moi, je souffre en silence, je serre les dents.

Le vieux nous impose chaque soir la même mascarade. Après le dîner, on passe au salon et tous ensemble, on doit écouter les nouvelles du front sur le petit poste transistor. Mon beau-père pousse le mauvais goût jusqu'à se désoler des premiers revers de l'armée allemande au Moyen-Orient[1]. Un soir, j'ai difficilement pu réprimer mes larmes. Quelle torture de se laisser infliger ça ! Je nous hais, je nous maudis pour notre lâcheté. J'en veux à mon mari. Je m'en veux à moi. T'es fier de toi, James, de nous ? On va devoir endurer ça longtemps, sans dire un mot, en faisant semblant, en faisant encore et toujours semblant ? L'autre est devenu le miroir de nos complaisances.

Alors, évidemment, quelle ne fut pas ma stupeur quand j'ai appris que les soldats de la Feldkommandantur ont arrêté James en plein flagrant délit. Il n'a pas voulu me tenir au courant de ses actions, de ses petites tentatives maladroites de résistance ! Quel dommage, j'aurais pu l'aider, j'étais tellement loin d'imaginer qu'il puisse agir en étant du bon côté. Il s'est fait prendre, le pauvre, alors qu'il distribuait des tracts sur lesquels il avait recopié les dernières nouvelles entendues à la BBC. Puisque nous sommes devenus les seuls de notre paroisse à posséder une radio, il voulait partager avec le reste de ses concitoyens, les nouvelles des derniers succès des troupes alliées contre les nazis. Mon pauvre petit mari, je comprends maintenant pourquoi il s'éloignait de moi, c'était pour me

---

[1]. Fin octobre- début novembre 1942, c'est la victoire décisive de la seconde bataille d'El-Alamein, les alliés repoussent les Allemands d'Alexandrie et du canal de Suez. Le 8 novembre 1942, Churchill et Roosevelt décident conjointement du débarquement des forces alliées au Maroc et en Algérie.

protéger ! Même si cela peut sembler dérisoire, cela restait le seul moyen à sa portée pour s'opposer à son père.

Quand le Colonel Knack-machin lui a appris la nouvelle de l'arrestation de son fils, j'ai vu mon beau-père blêmir.

Je ne sais pas ce qu'il a fait ou plutôt je préfère ne pas savoir ce qu'il a négocié, mais il a suffi de quarante-huit heures et mon mari était de retour à la maison. J'ai cru que tout recommencerait comme avant. J'ai eu si peur, malgré tout, de devoir me passer de la présence de James. J'ai tant besoin de lui !

Mais il a changé de caractère.

Depuis ce triste jour où il a fait de la prison, je ne vis plus avec le même homme. Je crois qu'il aurait préféré moisir dans sa geôle plutôt que devoir sa libération à son père. Alors, maintenant, il s'éloigne véritablement de moi.

Les rapports humains ne se réduisent qu'à des rapports de force. Pourquoi l'amour échapperait-il à la règle ? Je viens seulement de comprendre le sens du mot « hiérarchie » : le pouvoir d'humilier.

La hiérarchie n'est pas verticale, elle est un cercle vicieux. Le Colonel Knack-machin-je ne sais pas quoi, avec sa politesse glacée qui cache à peine sa morgue, sa condescendance, ne perd pas une occasion pour humilier mon beau-père, le Bailli, qui se venge sur son fils en lui faisant perdre la face dès qu'il le peut, lequel fils s'en prend alors à sa femme. Il n'a désormais plus de mots assez durs pour me faire sentir ma honte, toucher mon point faible. Moi, je pourrais me venger sur notre pauvre femme de chambre. Mais je ne le ferai pas, chaque parcelle de moi m'en empêchera. Je veux briser le cercle.

Humilier déclenche la haine. En serait-on là si la France n'avait pas humilié l'Allemagne à la fin de la guerre, en 1918 ?

Un peuple humilié est un peuple rendu bête, haineux, manipulable, docile. L'Allemagne est un peuple humilié devenu fou par son besoin d'humilier l'autre.

Mardi 24 novembre 1942.

Ce matin, au courrier, j'ai réussi à dérober à la barbe de tous une curieuse enveloppe adressée à Elisabeth Steiner. Elle est arrivée avec les colis de la Croix-Rouge. J'ai dû attendre jusqu'au soir pour trouver un moment où je serai seule pour la lire. Toute la journée, je l'ai portée contre ma cuisse, serrée dans ma jarretière. Heureusement, mon beau-père a eu la merveilleuse idée d'emmener tous les hommes de la maison, dont le Colonel Knak-machin, fumer un cigare et déguster un brandy au Yacht Club de Gorey.

J'ouvre le courrier, c'est une lettre d'Emil-John à sa mère. Oh mon Dieu...

« 28 mai 1941. Ma petite Maman, tu serais fière de ton grand, j'ai enfin mis le pied sur le sol de notre pays d'Angleterre. Je suis arrivé à Londres depuis

quelques jours, et pourtant cette immense joie est déjà gâchée parce que vous n'êtes pas avec moi. J'espère que ma sœur comprend un peu mieux la situation et m'en veut moins. Je ne pense pas qu'elle aurait survécu à la traversée épouvantable que j'ai dû vivre. Je vous imagine toutes les deux de nouveau installées dans notre belle propriété, et je ne crois pas que Papa m'aurait pardonné de vous entraîner dans une telle aventure qui a bien failli se finir tragiquement. Tu ne peux pas imaginer. Maintenant que je suis sain et sauf, je peux vous le raconter.

Toute la nuit, des vagues immenses ont déferlé, menaçant d'écraser notre frêle embarcation qui valsait d'un creux à l'autre. La tête brûlante de fièvre et le visage ruisselant d'eau salée, ma seule consolation était de vous savoir à l'abri sur la terre ferme. Ce fut un cauchemar interminable, un supplice inhumain. Dans mon désespoir, il m'est arrivé de prier pour que cela finisse, quelle qu'en soit l'issue. Même la mort me semblait préférable à cette horreur qui ne voulait pas prendre fin. Heureusement, tout s'est bien terminé.

Je suis sûr que les Allemands n'ont pas osé vous garder trop longtemps. Nous sommes juifs, soit, mais de l'Église anglicane, rappelle-toi ce que disait Papa, nous n'avons rien de commun avec les Juifs. Nous sommes les Steiner, Jersey fut notre royaume, même si pour l'heure, nous en avons perdu la couronne. Oh mon Dieu, faites qu'ils ne vous traitent pas comme les autres, ah, tu vois je laisse poindre mon inquiétude, oui, Maman, ma sœur chérie, répondez-moi vite, j'ai besoin de vous savoir libres, quant à moi, à la première occasion, je m'enrôlerai pour me battre, je veux rejoindre mon père, je ne déshonorerai pas les Steiner.

Je vous embrasse mes deux amours, et j'ose croire que la guerre ne nous laissera pas longtemps séparés. Ton fils dévoué… Emil-John. »

La lettre a mis plus d'un an à nous parvenir ! Est-il toujours vivant ? Et sa mère à qui elle est adressée ? Mon Dieu, mon Dieu, existez-vous ? Où êtes-vous ? Pourquoi nous avoir abandonnés ? Je froisse la lettre contre mon cœur, incapable de retenir le sanglot qui vient et me coupe littéralement en deux.

J'ai enfilé mon manteau et j'ai couru hors de la maison.

Il est déjà tard, plus de neuf heures du soir, et la nuit est tombée sans que je m'en rende compte.

Dans l'ombre consolante mais froide, glacée même, de notre belle St. Matthew's Glass Church, je tente de trouver refuge, de me calmer.

Je suis saisie, comme chaque fois, par la beauté du mobilier en verre qui fait la fierté et la particularité de cette église[1]. Des dizaines de bougies blanches s'y

---

1. Construite en 1840, l'église St. Matthew est réputée pour ses verres travaillés par René Lalique.

reflètent, et leur odeur mêlée au parfum de l'encens et à la senteur d'encaustique des vieux bancs de bois me fait voyager en enfance.

Je pensais être seule, et je suis étonnée de voir tant de visages familiers. Il y a là Raymond Landry sans sa femme, mais avec son fils Paul, la petite Victoire, sa mère, le vieux *Captain* du phare, que je suis encore plus surprise de trouver ici et qui me salue avec respect, et puis plein d'autres de la paroisse que je reconnais, mais sans pouvoir les nommer. Ils ont tous des mines de conspirateurs battus, de stratèges désemparés, et je me demande ce qui se trame.

J'ai l'impression que les voix et les regards ont baissé à mon arrivée dans l'église, comme s'ils se méfiaient de moi. Je ne sais pas comment me comporter avec Augustine Fitzgerald, la sœur de mon beau-père, fâchée avec lui depuis de nombreuses années. Pourtant, cette femme m'a fait rêver quand j'ai appris qu'avant la guerre elle recevait chez elle André Breton en personne, et que celui-ci publiait ses poèmes dans sa revue. Je les admire, elle et son amie Suzanne, parce qu'elles tiennent tête aux Allemands. Augustine, à l'inverse de son frère, a préféré abandonner sa superbe ferme de pommes de terre du nord de l'île, près du cap de Bonne-Nuit, et se réfugier à l'hospice, une ruine de Rozel Bay qu'elle a entièrement reprise en main avec Suzanne, plutôt que de supporter la cohabitation avec les Allemands. Je l'admire. Hélas, je sais d'avance qu'elles me méprisent, comme mon mari méprise sa tante et mon beau-père, sa sœur.

Quelques toux nerveuses viennent ponctuer le silence et souligner l'embarras général. Heureusement, la petite Victoire s'approche de moi et me prend par la main. Elle m'entraîne à sa suite vers l'estrade du prêtre qu'elle franchit d'un pas alerte et se tourne vers l'assemblée.

— Nous devons tous être unis, nous n'avons qu'un seul ennemi, si Mme Fitzgerald a pris le risque de se joindre à nous, réservons-lui le meilleur accueil.

Soudain, s'adressant à moi, d'une voix grave :

— Vous êtes au courant de la nouvelle, Madame ?

Quoi ? Que se passe-t-il ? Quel désastre nous guette encore ?

— Vous avez dû recevoir votre avis de déportation, non ?

J'opine de la tête. Bien sûr que je l'ai reçu ! J'ai préféré ne pas y croire et le jeter au feu. Pourtant, la rédaction de l'avis était sans équivoque et il était signé du nom du Feldkommandant lui-même, le fameux Colonel Knack-bidule.

— Hitler, en représailles à l'arrestation et à l'internement de civils allemands en Iran par l'armée anglaise, a décrété que tous les habitants qui ne sont pas nés sur l'île, ainsi que tous les hommes ayant servi comme officiers durant la Première Guerre mondiale seront déportés en Allemagne dans des camps ! Les personnes concernées doivent se rendre au port dès demain matin, à la première heure du jour, un bateau les attend[1].

Je la regarde, incapable de réagir.

Une paroi de verre incassable nous sépare. Chaque fois que la réalité m'envoie un choc, c'est pareil : un mur de verre se dresse entre moi et les autres, je me sens exclue du monde, coupée du dehors, enfermée dans mon dedans. Je voudrais tambouriner contre le mur transparent, appeler au secours. Rien n'y fait, mes poings s'enfoncent, mes mots sont inaudibles, je manque d'air dans ma cage de verre. L'angoisse monte, m'étouffe, enserre ma poitrine.

Je me sens partir, mes jambes se dérobent.

Le *Captain* s'empresse de m'apporter une chaise.

Penché sur moi, il me tapote gentiment la main, tandis que je reviens doucement à la conscience. Le rhum qu'il m'a fait ingurgiter de force ne m'en laisse pas le choix.

Je bégaie parmi mes larmes, j'ai honte.

— Non, non... Je... je suis née à Londres, je ne veux pas partir en Allemagne !

— Vous inquiétez pas, ma petite dame, je veillerai sur vous. Moi, j'étais Colonel dans la Navy lors de la Première Guerre, et j'ai aussi reçu mon avis de déportation. Et je suis de la première fournée, j'aurais

---

[1]. Cela correspond à un ordre direct d'Hitler qui fit déporter vingt habitants des îles pour chaque Allemand civil interné par les Britanniques en Iran. La majorité d'entre eux furent envoyés dans deux camps d'internement du sud de l'Allemagne.

déjà dû embarquer, mais je refuse de partir sans mon chien !

Je souris au vieil homme et claque des dents, confuse de mon manque de courage, de mon indignité. Le brave Raymond, notre boulanger, me donne le pull et l'écharpe qu'il portait. Ils sont tous là, autour de moi, bienveillants, chaleureux, et ce moment d'humanité partagée me fait monter les larmes aux yeux.

C'est alors que je les vois, Raymond, le *Captain* et un autre vieux du petit groupe, retrousser leurs manches et pousser l'orgue. Incroyable ! Ils ont planqué une radio sous le parquet de l'église.

Victoire court vérifier que la porte est bien fermée et qu'il n'y a personne alentour. Quand elle donne le feu vert, le *Captain* branche un morceau de fil à l'endroit du cristal du poste à galène qu'ils ont sorti de sa trappe, et chacun retient son souffle. La voix nasillarde et aiguë du présentateur de la BBC s'élève, impériale, dans le silence. Je n'en crois pas mes oreilles, c'est Noël. Comme ces gens sont ingénieux !

Victoire m'explique qu'ils se réunissent chaque soir dans le plus grand secret pour communier ensemble autour des « vraies » nouvelles de la BBC. C'est Raymond du Landry's, le pub de Saint-Hélier, l'as du bricolage, qui fabrique lui-même les postes à galène. Il en a même livré avec son pain dans les paroisses avoisinantes. Et tout ça à la barbe des Allemands !

Lundi 25 mai 1942. Port de Saint-Hélier.

Le lendemain matin, à l'aube, nous avons rejoint St. Hélier's Port.

J'avais décidé de rester toute la nuit avec mon nouveau groupe d'amis. Connaissant mon beau-père, je sais qu'il suivra à la lettre les décisions de Hitler et me laissera m'exiler seule, sans regret ni remords, empêchant mon mari, s'il lui en prenait la fantaisie, de m'accompagner, même au port. Aussi ai-je décidé que ma nouvelle famille, ce sera eux, les réprouvés de l'île, ceux qu'une mauvaise plaisanterie du Führer chasse loin de chez eux.

Je ne laisse pas grand-chose derrière moi, et sans l'avouer aux autres, je crois que je suis presque soulagée d'embarquer pour ailleurs, même si le pire nous attend au bout du chemin. Je ne suis pas résignée, je suis décidée, déterminée, parce que plus rien ne me retient à la vie d'ici.

J'en suis là de mes pensées, perdue dans la foule qui s'épaissit aux abords du port, m'entraînant dans sa masse parmi les curieux, les amis qui viennent nous dire au revoir ou regarder tranquillement le bateau partir. Quand un jeune Allemand, au visage désolé derrière ses lunettes d'écaille, s'adresse à moi et martèle dans son mauvais anglais : « Je chuis... vrrraiment déssolé... de ce qui vous arrive... il ne faut pas faire... la guerre... aux femmes... et aux enfants. » Ce jeune homme a raison, il dit la vérité.

Je le prends comme un encouragement à dire tout haut ce qu'il pense tout bas. D'où me vient cet élan ? L'envie de briller, de me distinguer ? L'énergie du désespoir ? Toujours est-il que me voilà juchée sur un des cageots de pêche qui jonchent le sol et je commence à haranguer les autres : « Il ne faut pas faire la guerre aux femmes et aux enfants ! Il-ne-faut-pas-faire-la-guerre-aux-femmes-et-aux-enfants ! » Le rythme de la phrase me porte. En un rien de temps, le slogan prend et enfle, repris par la foule en chœur. « Il ne faut pas faire la guerre aux femmes et aux enfants ! »

Le peuple se rassemble et se met à chanter la phrase, à la scander, et bientôt ceux qui sont déjà montés sur le bateau reprennent les paroles en chœur et sortent leurs mouchoirs.

Soudain, une onde de colère, tel un coup de tonnerre après la pluie, traverse la foule de six cents ou sept cents personnes, je sens que nous n'allons pas nous laisser faire, les boches doivent le sentir aussi. Des insultes fusent, quelques hommes commencent à se battre avec les gardes, leurs cris de rage à peine couverts par les chants. Des soldats allemands viennent porter secours à leurs collègues. Pour éviter le corps-à-corps, ils se placent en hauteur, sur les monts rocheux surplombant l'endroit où nous nous trouvons, leurs mitraillettes pointées sur nous. L'émeute dégénère. Quelques coups de feu sont tirés par les soldats allemands sur la foule des civils, mais ils sont vite réprimés par leurs chefs.

Peu après, je vois des déportés, ceux de la première fournée, déjà montés sur le bateau, redescendre sur le quai avec leurs affaires.

C'est fini, l'ordre est abandonné ! Pour la première fois, nous avons gagné ! Les soldats allemands ont cédé, ils ont renoncé à suivre les ordres de leur imbécile de chef.

Mais ce geste, que dans mon enthousiasme et ma naïveté, j'ai pris à tort pour un début de collaboration de l'armée allemande avec le peuple des îliens, ou tout au moins comme une marque de considération des envahisseurs envers leurs hôtes, nous allons le payer très cher.

Nathalie Goldman

Samedi 15 juin 2013. Saint-Hélier, Jersey.

Le véhicule rouge, tatoué sur les flancs de l'emblème des Jersey War Tunnels, s'arrête à ma hauteur. Je monte à bord, présente mon ticket au chauffeur et lui demande des écouteurs en français. L'endroit est plein à craquer, les gens sont tassés les uns contre les autres. Et nous n'aurons même pas le plaisir de voyager à ciel ouvert car le chauffeur a remis le toit du bus à cause du risque de pluie, tant pis ! Je suis étonnée que la visite des Jersey War Tunnels attire autant de monde.

Le bus à peine parti, une voix à travers mon casque me raconte l'occupation de l'île par les Allemands, les horreurs quotidiennes de la guerre. Alors que j'écris tous les jours sur le sujet, cette voix extérieure me fait frissonner. Je pense à mes beaux-parents natifs de Jersey, à mon grand-oncle Georges Goldman, déporté en tant que « demi-juif » à Aurigny, à tous ceux qui ont vécu cette période abominable.

Par coïncidence, je reçois un coup de fil de Philip, mon mari, au moment précis où je pense à lui. Je retire mes écouteurs, porte le mobile à mon oreille. La voix grésille. Il me demande où j'en suis de mes recherches, si tout va bien, quand je compte rentrer. Je comprends que je lui manque. Je le rassure et lui réponds que j'attends toujours mon rendez-vous avec Marguerite Le Gallais, mais que j'avance bien dans mon écriture.

— Tu crois vraiment que ça va intéresser le public de reparler une énième fois de la Seconde Guerre mondiale ? Après tout ce qu'on a lu, tous ces films ? Et puis cette façon de se focaliser sur la collaboration des autorités, quel est l'intérêt ?

— Je ne me focalise pas sur le passé des collaborateurs, je montre juste qu'il y en a eu… alors que soi-disant, la Grande-Bretagne n'a jamais été envahie par Hitler ! Les Anglais sont si fiers de raconter que leur territoire n'a jamais été occupé par une armée étrangère depuis 1066[1].

— Je te rappelle que ce sont les Français qui ont été occupés et ont collaboré. Et puis, je vais te dire, les îles ne sont pas vraiment anglaises.

— Ça, c'est la meilleure ! Philip ! Arrête de te comporter comme un Anglais de base. Le vénérable Churchill ne parle même pas de l'occupation des îles anglo-normandes dans ses Mémoires. Il ne mentionne pas les îles, alors qu'elles étaient sous sa protection ! Il

---
1. Date de la fameuse bataille d'Hastings. Le 14 octobre 1066, le duc de Normandie, Guillaume, défait Harold II.

les rattache à la carte de la France ! Churchill nous a menti ! Les Anglais s'exonèrent ainsi de la collaboration et d'un quelconque rapport avec la Shoah. Or c'est faux ! À une date encore récente, en 1992, quand les Anglais ont retrouvé Kurt Klebeck, âgé de quatre-vingt-six ans, l'ancien chef adjoint du camp de concentration de, Norderney, sur l'île d'Aurigny, celui-là même où était détenu mon grand-oncle, ils ont préféré le faire passer pour mort ! Le gouvernement anglais a toujours été prêt à tout pour éviter les procès pour crimes de guerre des nazis de la Manche. Pour éviter que l'on ne découvre l'étendue de la collaboration des autorités et de certains habitants des îles !

Ma voix, comme toujours lorsque je m'emporte et me laisse guider par mon émotion, est montée dans les aigus. Heureusement, les autres passagers du bus, protégés par les écouteurs de leur audioguide, ne m'entendent pas, ne se retournent même pas. Je me sens gênée, malgré tout. Philip, au bout du fil, essaie de calmer le jeu, c'est ridicule de s'engueuler pour des vieilles histoires d'il y a plus de soixante ans. Je raccroche, énervée.

Il y a foule à l'entrée du musée quand j'arrive devant.

Les Jersey War Tunnels sont l'ancien « German Underground Hospital », l'hôpital souterrain construit par les esclaves des Allemands durant la guerre.

Tandis que je m'engouffre à l'intérieur, mon cœur se serre. Je parcours un tunnel, puis un autre, il y en a huit en tout. Il fait froid, humide, sombre, les bruits sont assourdis, je suis entrée dans un autre monde. Dans les vitrines à peine éclairées, sur les murs, sont exposés quelques souvenirs de la période de l'occupation. Un mannequin portant le costume d'officier allemand, une schlague en main, une moto de l'époque, des témoignages de gens de l'île, des noms de disparus, la carte d'identité obligatoire pour chaque habitant, rédigée en allemand. Il y est redit que les îles anglo-normandes ont été envahies parce que Churchill avait renoncé à les défendre, donnant le choix aux habitants de rester ou de partir. Ceux qui sont restés ont atrocement souffert de la famine.

Il est rappelé que Jersey abritait une communauté juive importante, dont les membres ont été recensés comme étrangers, poursuivis et spoliés de leurs biens. Les autorités allemandes, avec la bénédiction des autorités locales, ont appliqué les huit ordonnances[1] comme dans la France occupée[2].

Dans ces couloirs sinistres et froids, on survit, coupé du monde en guerre, et pourtant le cauchemar continue. Je pense au pauvre docteur Lewis de mon histoire,

---

1. Lois antijuives.
2. La France sous occupation allemande était divisée en quatre zones d'administration militaire, gérées depuis un quartier général à Paris. Les îles Anglo-Normandes constituaient la zone A. Seul le port obligatoire de l'étoile jaune (huitième ordonnance) fut évité pour les ressortissants juifs de Jersey, grâce à l'intervention des autorités locales, ce qui ne fut pas le cas à Guernesey. Article « Les juifs de Jersey, Guernesey et Sercq » dans la *Revue d'histoire de la Shoah*.

obligé de travailler dans ces conditions terribles, assistant impuissant aux pires horreurs. Des voix hurlent en allemand des ordres, on devient fou, ou on crève. Je suis passée rapidement dans les parties reconstituées de ce qui fut le véritable hôpital souterrain, avec ses lits en fer-blanc, ses mannequins en costumes d'infirmières de l'époque. J'ai eu trop de mal à garder mon calme, c'est une visite pénible. Vite, je ressors. La phrase de Churchill écrite en juin 1944, accrochée au sortir de l'exposition, me fait pleurer[1].

Note historique n° 5

John Le Gallais a réussi à convaincre Lord Mountbatten. Celui-ci a pris rendez-vous au bureau de Churchill. Il n'y va pas par quatre chemins. Il veut lancer l'opération Constellation qui regroupera un certain nombre de missions destinées à récupérer les îles anglo-normandes. Il a donné un nom à chacune : l'opération Condor pour Jersey, l'opération Accordéon pour Alderney, l'opération Coverlet pour Guernesey.

Churchill lui rappelle que chaque île est devenue une véritable forteresse dont l'assaut ne peut être envisagé que si les défenses sont neutralisées ou réduites dans une très

---

1. « *Let's them starve. No fighting. They can rot at their leisure.* » « Laissez les mourir de faim. Aucun combat. Ils peuvent pourrir à leur guise. » Propos de Churchill du 27 septembre 1944, concernant la garnison allemande mais hélas aussi les habitants des îles anglo-normandes.

large mesure par une action préalable d'envergure, c'està-dire des bombardements aériens ou navals, ce qui implique le risque de les pulvériser, et les civils avec! Non, décidément, ces îles qui représentent un piètre enjeu militaire n'en valent pas la peine. Il ne comprend même pas ce que Hitler veut en faire! Et pourquoi Lord Mountbatten, avec tout le respect qu'il doit au Commandant en chef des opérations spéciales, s'en préoccupe-t-il?

1943

Captain Richardson

1er janvier 1943. Phare de la Corbière, Jersey.

Et je le souligne encore une fois, parce que ce n'est pas tous les jours le premier jour de l'année. Et que j'ignore combien de jours pourront encore s'écrire dans mon journal. Je veux parler du froid, de la fatigue, du sentiment d'inutilité qui m'immobilise, m'emplit et me vide. Chaque bouffée aspirée est si froide qu'elle me met les nerfs à vif, mes poumons sont glacés, givrés, claquent des dents. Je ne peux plus écrire qu'avec des gants, et je demande par avance à mes lecteurs futurs de pardonner ces tas, ces taches, que fait ma plume tremblante trempée grossièrement dans mon encrier. Mon cœur se rétracte, mon palpitant me lâche ! Quelle aubaine, quel repos ! Si je mourais, je serais enfin débarrassé de mes souvenirs collants, de mon chien gluant et puant, fini, rien, le vide, plus de sentiments ! Mon ventre aussi est vide, affamé, une besace percée qui claque au vent.

Hier au soir, morbleu, je ne me suis pas laissé faire ! Ah, le sale renard d'Allemand ne m'a pas eu ! Toute la nuit, j'ai veillé sur mon dernier tonneau de bière, et, dès l'aurore, j'ai eu la riche idée de le faire chauffer. La bière chaude me tient, m'emplit et me vide, ô mon petit tonneau d'amour, dont le niveau baisse au fur à mesure qu'augmente ma lucidité. Même le beau visage de la mer s'est durci. La mer se couvre de congères, la banquise vient vers nous, la mer était mauvaise mais la bière était bonne... Ah ah! Ma douce me manque et ma rousse se planque... j'en suis où ? Ah oui ! Écrire mon journal de bord.

Que vous dire que vous ne sachiez déjà, vous qui me regardez du haut de votre postérité ? L'hiver 1942-1943 est rigoureux, sale, mais le pire est à venir. Les boches qu'on croyait de passage veulent transformer notre île en forteresse, et même j'ai entendu dire que la petite île d'Aurigny, Aurigny la sauvage, l'escarpée, Alderney, notre petite Alderney si romantique si chère aux poètes, allait se transformer en bagne, une île aux mains d'Heil Hitler, l'« île Adolph[1] » ! Une île pénitentiaire, vouée au Diable comme dans nos pires cauchemars !

Va-t'en, Mousse ! Va-t'en ! Non, je te hurle pas dessus, ne me tourne pas autour avec ta gueule de mendiant, tu bouffes plus que moi, tu peux manger des oiseaux, tu ne partages pas, tu te repais des cadavres, ne dis pas le contraire, je t'ai vu, la queue en l'air courir vers le charnier à ciel ouvert ! Je ne sais pas ce que

---

1. Nom de code donné à l'île d'Aurigny par Hitler. Voir le livre de Jean-Louis Vigla, *Histoire d'un camp nazi. L'île d'Aurigny (Alderney)*, Éditions A. Sutton, 2002.

c'était, cette chose échouée sur la plage, un homme ou un cachalot, peu importe, tu y es allé, franco, tu as planté tes petites dents voraces dans la chair pourrie, tu as le ventre plein de vers, de chair décomposée et tu oses revenir et me demander de te nourrir, de te caresser, de faire comme si de rien n'était, moi qui ai le ventre vide depuis des jours ? Des jours à m'emplir la panse de bière chaude, de café inodore et même plus de pommes de terre ! Et c'est moi qui travaille, qui t'entretiens, sale bête, va-t'en, reste pas planté là, avec tes yeux humides de chien mauvais, je vais te battre, sale rat, encore un rat... tiens, prends ça, et ça !

Je suis très mécontent de Mousse, et je le note dans mon journal, bien que cela n'intéresse guère la postérité. Quel chien contrariant ! Dégoûtant, même. Maintenant, il ne bouge plus. Il a rampé jusqu'à son panier en faisant semblant de souffrir, en traînant ses pattes arrière sur tout le parquet comme s'il ne pouvait plus les bouger, je ne lui ai pas cassé les reins, rassurez-vous, mais il a eu droit à une bonne fessée et demain il ne fera plus le malin, il m'obéira et ira se laver dans l'eau froide de la mer. Bon, fermons la parenthèse.

Je dois vous avouer qu'il est difficile de garder l'espoir. Où sont les Churchill, Lord Mountbatten ? Où en sont-ils de leurs promesses ? Pourquoi ne nous ont-ils toujours pas libérés ? Pourquoi laissent-t-ils ce cancer se propager sur nos terres ? La vérité est que nous sommes portion pitoyable, ils préfèrent nous oublier, peut-être même que notre situation d'occupés fait honte à leur sang anglais, un comble ! Ou que d'après leurs savants calculs de politiciens, ils ont compris que de libérer ces petites îles, minuscules au regard du monde, ne leur rapportera aucune gloire, ils ont d'autres chantiers bien plus importants à mener !

J'enrage de notre impuissance.

Il est vrai aussi que, comme tout militaire de carrière, j'ai appris qu'il vaut mieux sacrifier cent hommes pour en sauver mille. Facile à dire quand on est du bon côté !

Jeudi 7 janvier 1943. Phare de la Corbière, Jersey.

Un jour à marquer d'une croix. Une croix gammée. La croix de la pierre tombale à laquelle j'ai échappé, aujourd'hui.

Ce matin, le grand dadais a fait irruption dans ma chambre, sur les coups de 5 heures, le jour n'était pas encore levé, j'allais lui sauter à la gorge, quand j'ai vu qu'il était accompagné d'un haut gradé et de deux autres simples soldats. J'ai d'abord cru qu'il s'agissait du commandant à qui j'avais écrit pour me plaindre du bris des verres optiques et demander leur remplacement. Je me suis mis au garde à vous, mâchonnant entre mes dents : « Heil Hitler ! Que ta carcasse aille pourrir enfer », l'air nigaud dans mon caleçon de laine, le bonnet de nuit enfoncé jusqu'aux oreilles. J'ai vite réalisé que l'humeur avait changé. On n'en était plus à la courtoisie, aux échanges policés entre officiers d'armées ennemies. Ils m'ont frappé pour être sûr de bien me réveiller, puis le commandant a sorti une lettre, a fait une lecture en allemand. Je n'ai rien compris, sauf qu'il s'agissait d'un ordre de réquisition. J'ai dû plier mes couvertures et les leur donner, ainsi que le matelas et la petite table de chevet en bois. Plus grave, ils m'ont pris ma lampe à pétrole. Dans la pièce principale, l'officier a désigné l'ensemble, le bureau, le canapé d'angle, le bar, et a fait signe aux soldats qui l'entouraient qu'il faudrait tout dégager. Puis nous sommes descendus à la cave. Ils m'ont fait signe qu'ils reviendraient chercher mes réserves de pétrole.

En raccompagnant l'officier et ses sbires à la grille d'entrée de mon phare, j'ai encore mieux compris. Ils ont monté des petits tas d'explosifs tout autour, prêts à le faire sauter. À la guerre comme à la guerre, je ne me laisserai pas faire. J'ai souri, dit au commandant qu'en aucun cas je n'abandonnerais mon phare, qu'il leur faudrait me tuer avec. Je lui ai dit aussi que c'était un très mauvais calcul de sa part, à moins de renoncer à toute navigation entre les îles. Je sais que le phare de l'île d'Alderney a repris mystérieusement son activité, mais il n'a ni la taille, ni la puissance ni la position stratégique du phare de Jersey pour aider les bateaux à traverser ce courant, l'un des plus dangereux au monde. Mon discours a eu son petit effet. Mais pour combien de temps…

La bonne nouvelle, le ciel est de mon côté : il s'est mis à neiger. Si cela continue, leurs minables installations de mort seront bientôt recouvertes, trempées, foutues, et ils n'auront plus qu'à tout recommencer.

Victoire Le Gallais

Lundi 26 avril 1943. Saint-Hélier, Jersey.

Maman a perdu pied depuis ce jour où l'ordre de déportation qui devait envoyer les non-natifs de l'île en Allemagne l'a tirée du lit en plein sommeil. Elle est encore sous le choc de cette fuite avortée, d'avoir dû ramasser ses affaires en toute hâte, au cœur de la nuit, en pleine absurdité, chassée de sa terre comme une étrangère. Depuis, elle tremble pour un rien, elle a des idées fixes, elle m'appelle du nom de Richard, mon frère, me serre dans ses bras en pleurant. J'ai dû renoncer à mon travail à la ferme et venir la remplacer à l'Épicerie centrale. Des chevreaux ont dû naître depuis que j'ai quitté le Moulin, et je n'ai même pas eu le temps de passer les voir, mes pauvres biquettes !

Comme j'aimerais me souvenir des enchantements qui m'enivraient quand le printemps arrivait ! Le mois d'avril qui revient ne me fait plus rien. Les colonies de jonquilles que l'on découvre dispersées dans l'herbe devenue bien verte, les feuilles aux arbres qui scintillent dans le soleil. Le printemps d'avant était une ivresse qui porte, baignant tout d'un air léger, léger. Le printemps était une montée de sève qui me gorgeait de son jus, une symphonie qui éclatait de toute part, éclatait, éclatait ! Dans ma tête éclatée. Où est passé ce plaisir qui ne demandait qu'à jaillir, sourdre, s'élever, quand le printemps s'est fait trop attendre et qu'on veut briser sa coquille, sauter de joie dans l'été ?

Les Marks sont toujours enfermés dans la cave, emmurés dans leurs propres murs. Depuis combien de temps leurs visages fatigués, amoindris, n'ont-ils pas vu le jour, pas connu le souffle de la brise, et pour combien de temps encore ?

Je descends les visiter chaque soir après avoir tiré le rideau de fer. Je sais que c'est important pour Theresa et Karl. Je leur montre les comptes, je discute avec eux des stocks, des prix imposés par les Allemands et qui grimpent de façon vertigineuse, je passe en revue tout le petit monde qui défile à ma caisse et leur donne des nouvelles de chacun.

Parfois, on décide de laisser monter les enfants à l'étage, après les avoir bien sermonnés pour qu'ils ne fassent pas du bruit qui les ferait remarquer. C'est à la fois triste et gai de les voir s'ébattre entre les rayons alimentaires, et respirer un autre air que celui vicié des murs moisis qui les oppressent. Les pauvres, on dirait des oiseaux en cage ou piégés dans une pièce fermée.

Non, ce soir, ce n'est pas possible, mes petits anges.

Penchée vers Annette et Claude, je mets mon doigt sur la bouche. Chut !

On frappe au rideau de fer, j'ai de la visite. Qui cela peut-il être ?

Je monte quatre à quatre les escaliers, prends une inspiration.

Je n'ai pas peur pour moi. Je n'ai pas peur de mourir, au pire il n'y a rien, au mieux, j'irai rejoindre mon frère et peut-être mon père.

Je suis si lasse par moments que je le crois, mais ce n'est pas vrai.

Je ne veux pas survivre en fermant les yeux, je veux me battre pour eux, pour nous, parce qu'il y a un sens à tout ça et que je veux être dans la bonne voie.

Je remonte le rideau métallique et découvre le visage de Paul, trempé jusqu'aux os, qui me fait face.

— Victoire, c'est le couvre-feu, il pleut des cordes, je rentrerai chez moi plus tard, ou demain matin. Laisse-moi entrer.

— Si tu veux, mais tu ne peux pas dormir ici. Je n'y tiens pas.

— Victoire, arrête de faire ta sainte-nitouche ! On dormira en amis. Tu peux bien recevoir un ami, non ?

— J'ai encore vu ta mère, aujourd'hui, je ne sais pas comment tu supportes tout ça. « Complice, c'est comme auteur... C'est même pire. Car celui qui fait, il a au moins le courage de faire. » Et ne crois pas que tes petits actes de résistance avec les communistes suffisent à mes yeux !

Il me regarde, stupéfait. Je sais que ces mots m'ont été soufflés par un des livres que j'ai emportés avec moi et que je feuillette la nuit quand je ne peux pas dormir. Même si je ne me souviens ni des phrases exactes ni du nom de l'auteur.

— Va-t'en, Paul, je ne peux pas te recevoir ici. Et puis tu ne risques rien, toi, le fils d'Emma Landry, si un soldat t'arrête.

— Victoire, ne fais pas ça. Laisse-moi entrer. J'ai besoin de te voir. Aujourd'hui, je pensais à Richard, il serait heureux de notre amitié et...

Salaud ! Je lui ai refermé la porte au nez, le rideau de fer a glissé d'un coup, j'entends ses poings le marteler, il va se calmer. Pourquoi me parler de mon frère, mon pauvre frère, pourquoi le mêler à tout ça, lui qui est mort innocent, qui a échappé au combat ?

Une flamme vacillante a traversé l'épaisseur des temps. Une flamme anxieuse a traversé l'épaisseur des nuits[1]... *Une flamme impossible à atteindre, impossible à éteindre au souffle de la mort...*

Un peu plus tard, les vers de Péguy – car c'était lui l'auteur des mots qui m'ont inspirée – tournent dans ma tête, durant la montée des marches, tandis qu'épuisée, j'avance les yeux rivés à la lumière vacillante de la bougie que je porte devant moi, tel un phare, cherchant mon chemin le long des couloirs

---

1. Charles Péguy. Extrait du *Porche du Mystère de la deuxième vertu.*

qui me mènent au grenier – l'endroit où j'ai installé mon lit.

Je me sens comme elle, la petite flamme de la bougie qui lutte contre les courants d'air pour ne pas s'éteindre, continuer d'éclairer et de montrer le chemin. Je voudrais être elle, avoir son courage, sa folle espérance.

Emma Landry

Mardi 27 avril 1943. Saint-Hélier, Jersey.

Hier au soir, il y avait fête au Yacht Club de Gorey[1], après la course de chevaux que les Allemands avaient organisée sur la plage. L'officier de la Feldkommandantur, Adolph, a proposé de me raccompagner en voiture, ce matin, mais malgré le froid et la distance entre le petit port de Gorey et Saint-Hélier, j'ai préféré prendre mon vélo. En plus, la côte est est plaisante, j'aime ce coin de l'île plus sauvage, plus campagnard. Et puis surtout, je veux rester discrète et simple, ne pas abuser trop de ma chance par rapport aux autres. Elles ne comprendraient pas.

C'est bizarre, une fois arrivée sur la petite place de Saint-Hélier, je n'ai plus l'impression de connaître les visages de ces femmes qui font la queue devant l'Épicerie centrale. La guerre les a-t-elle tant transformées ? Elles ont pris un sacré coup de vieux. Tous ces visages

---

1. Gorey, un des ports de pêche de Jersey.

durcis, amers, le rictus du coin des lèvres affaissé vers le bas… Quelle horreur ! Je ne croise pas un seul regard aimable, je m'en fous, comme disait ma mère, mieux vaut faire envie que pitié, mieux vaut pleurer dans une Rolls qu'au fond de son trou. Les gens sont envieux une fois pour toutes, l'envie, c'est le cancer qui fait tourner le monde, autant leur donner des raisons valables.

Tut ! Tut ! C'est moi, poussez-vous, laissez-moi passer. Ah, pardon, madame, mais regardez, là, sur cette carte, c'est écrit en gros : *Laissez-passer*. Vous voulez vérifier mes bons, aussi ? Vous voulez que j'attire l'attention de la Kommandantur sur votre situation ?

La femme me dévisage de haut en bas, elle se tient droite et offensée dans la file des pénitents. Pour sûr, je ne la connais pas, elle doit venir d'une paroisse voisine, ils viennent tous à Saint-Hélier pour essayer de s'approvisionner. Elle porte un drôle de chapeau, en feutrine molle, on dirait un seau venu se déverser sur sa tête, la pauvre, j'ai toujours détesté ce genre de bonnes femmes à chapeau, les mêmes qui font des tas d'histoires à la sortie de l'église. Elle me toise, elle sent atrocement mauvais. Son méchant regard clame ce qu'elle pense tout bas et n'ose pas dire tout haut. Elle voudrait me traiter de traînée, de « *jerry bag*[1] ». Oui, madame, c'est vrai, mais j'ai ma conscience pour moi.

---

1. « Sac poubelle. » Nom donné par les habitants de Jersey aux femmes qui flirtaient avec les Allemands.

Allez, laissez-moi passer. Moi aussi, j'ai des petites bouches à nourrir – si elle savait, la vieille rombière, j'ai trois bouches d'hommes, dont une adorable qui me dévore le corps tout entier, ah, je mourrais pour ses baisers, ce matin encore...

Je me faufile jusqu'à la caisse.

— Bonjour, ma petite Victoire ! Alors c'est toi qui tiens l'Épicerie centrale maintenant ? Et comment va Maman ?

La petite a bien grandi. Elle ne s'est pas embellie. Quelle idée de porter les cheveux aussi courts ! On dirait un garçon. Elle a perdu son côté petite caille grassouillette, elle ressemble à une longue tige toute raide qui va se casser. Elle me sourit comme si j'étais à des kilomètres, de loin, l'air de me chercher dans la brume. Elle aussi, ma chance doit la gêner. Je sors mes bons d'alimentation pour trois paquets de cigarettes, deux jambons, deux paquets de beurre, trois bouteilles de lait, deux sacs de pommes de terre.

— Et vous prendrez autre chose ? me demande-t-elle avec un air pincé.

— Je préfère laisser le rayon frais aux autres, je cultive mes propres salades, mes tomates du jardin, y a pas meilleur !

Elle soupire, hausse les épaules, l'insolente ! Pas une fois, elle n'a levé les yeux vers moi pendant qu'elle me servait. La pauvre n'a presque plus de parents, son frère est mort, elle a des excuses, mais je me demande ce qu'ils vont devenir tous ces jeunes avec personne pour les élever ! Y a des torgnoles qui se perdent, comme disait ma grand-mère.

— Je vais nourrir Alcatraz !
C'est le jeu de mots entre mon mari et moi. Il sait ce que ça veut dire. Après avoir déposé mes provisions dans la cuisine, je file rejoindre mon amant à la cave. Mon pauvre Raymond... Parfois, je culpabilise, et puis, à d'autres moments, pff ! Il n'a jamais été capable de dire ce qu'il ressent. Quand je l'ai trompé avec les Allemands au début, je n'ai jamais su ce qu'il en pensait. J'ai fini par m'imaginer que cela l'arrangeait bien, et même je lui en ai voulu, parce que c'était pas toujours drôle. J'en ai connu des salement cochons. Y en avait un, son truc, c'était que je lui fasse pipi dessus pendant qu'il me donnait la fessée. Mais je ne l'ai pas revu, il a dû être muté. Je me disais, je fais ça pour eux, mon mari et mon fils, pour qu'on soit enfin du bon côté, ceux qu'auront pas froid, ceux qu'auront à manger. Et maintenant, je suis devenue l'as du double-jeu, une vérité pour chacun, un mensonge pour tous. Cette nuit encore, avec l'officier allemand... C'que la vie vous apprend à faire, c'est dingue quand même, je suis devenue une menteuse professionnelle. Aux Allemands, je cache mon petit Féodor. Ça, s'ils apprenaient que je m'amuse avec un réfugié russe, sûr qu'ils me déporteraient dans un de leurs camps affreux. Et j'ai pas du tout envie d'aller voir l'Allemagne ! C'est pas mon mari qui va me dénoncer, parce qu'il serait soupçonné de complicité avec l'ennemi, lui aussi. Quant à mon fils,

il prend sa mère pour une héroïne, il pense que j'ai rallié sa cause et que je sauve un communiste !

J'introduis la lourde clef d'étain dans le gond de la porte en bois qui crisse en s'ouvrant et je pénètre dans notre caverne avec ses murs de grosses pierres humides, son plafond voûté. Comme chaque fois, j'ai raflé une toile d'araignée avec le haut de mon crâne, j'époussette mes cheveux, tandis qu'à la faveur de ma lampe tempête je cherche des yeux mon prisonnier d'amour. Je le trouve, à sa place, au pieu, en train de lire le livre en anglais que je lui ai prêté – il faut absolument qu'il fasse des progrès on ne peut pas communiquer ! Il ne parle pas trois mots ! J'aimerais tellement savoir d'où il vient, comprendre un peu plus son histoire. L'autre fois, j'ai descendu la petite mappemonde de Raymond et il m'a montré l'endroit où il est né, un port de la région de Crimée, en Ukraine, du nom de Yalta, je crois.

— Regarde, mon bébé, je t'ai trouvé encore une couverture, et très douce celle-là. Et puis je t'apporte des biscuits secs, un jambon, du café et tes cigarettes, alors qu'est-ce qu'il dit, mon petit coq en pâte ?

J'ai déposé les affaires par terre, à même la poussière, autour de son matelas avec l'orgueil d'une enfant qui montre ses trésors, s'attend à être récompensée. Mais Féodor est d'humeur grincheuse aujourd'hui. Il pose son livre – *Jane Eyre*, le roman de Charlotte Brontë, mon livre de chevet que je lui ai prêté. (Oh, comme j'aime lui mimer mes moments préférés, comme j'aime quand, cédant à ma demande, au moment de me prendre, sa grosse patte d'amant appuyée sur ma hanche, il m'appelle Jane. Je me sens femme avec ce gosse !)

Il se retourne contre le mur. Ses boucles blondes, qu'il n'a pas voulu que je coupe, arrivent maintenant à la hauteur de ses épaules.

Je ne peux pas quitter des yeux son dos nu à la peau si blanche qu'on croirait une pâte de porcelaine, éclairé par le jour à travers la lucarne. On n'y voit même plus les cicatrices des coups de fouet. Mon petit amour, tu as repris des forces. Je chuchote à son oreille, tandis que je caresse du bout des doigts les muscles secs, nerveux de son épaule, de son biceps, dont je palpe le tracé sinueux sous la peau.

Victoire Le Gallais

Vendredi 28 mai 1943. Commune de Saint-Hélier, Jersey.

Ce matin, levée avant le jour, je suis allée à dos d'âne jusqu'à l'Hôpital Souterrain, il est plus avant dans les terres, pas trop loin de l'épicerie. Je n'ai plus vu le docteur Lewis depuis plusieurs semaines.

J'ai appris que les Allemands ont déporté Sarah, sa femme, vers un camp en Allemagne. Je ne la connaissais pas, à peine savais-je qu'il était marié. Heureusement que nous manquons de médecins ici, les Allemands ont besoin de lui, ils le gardent avec nous.

La dernière fois qu'il est venu me voir – car il trouve régulièrement une bonne raison pour qu'on le laisse venir faire ses courses jusqu'à l'Épicerie centrale, où il m'a fait entreposer quantité de seringues, pansements et autres –, il avait l'air salement déprimé, affaibli.

Il me rejoint dans le vestibule de l'hôpital, qui ressemble à une bouche d'ombre énorme et froide, seuil d'entrée vers l'autre monde. On dirait qu'il vient d'être expulsé de l'enfer. Je recule d'un pas. Il n'a pas eu le temps d'ôter son tablier recouvert de sang et me lance un regard inquiet :

— Que se passe-t-il ?

Je le rassure.

— Rien, je voulais juste savoir... J'ai appris pour votre femme. C'est quoi, ces camps en Allemagne ?

Il se racle la gorge.

— Victoire, promets-moi de continuer à être forte, et veille sur ta mère.

Il se tient devant moi, un peu plus tassé, mais son aspect physique me conforte.

— Ça suffit, docteur Lewis, arrêtez de vous occuper des autres !

— On ne sait pas ce que sont ces camps. Mais j'ai confiance en Sarah, elle est forte, c'est un dragon ! Et puis je vais être le médecin particulier d'un nouveau commandant qu'ils envoient sur l'île d'Alderney prochainement, un SS qui dirigeait le camp de Nuengamme[1]. Si je le soulage bien de ses douleurs au dos, il prendra soin qu'il n'arrive rien de fâcheux à ma femme, tu ne crois pas ?

Soudain, son regard de vigie angoissée se fixe sur moi.

— Mais si je pars, qui va veiller sur vous ?

---

1. À partir du début de l'année 1943, l'emprise des SS (qui viennent du camp de Nuengamme en Allemagne) sur l'île d'Aurigny-Alderney s'accroît. Voir la revue *Mémoire vivante* n° 50, dossier « Aurigny-Alderney ».

— Personne n'a à veiller sur nous ! dis-je en crachant par terre. Je sais que vous avez promis à mon frère au moment où il mourait dans vos bras de « veiller sur nous », mais ça suffit, je ne suis plus une gamine ! On se croirait dans un vieux roman de chevalerie, c'est grotesque, regardez autour de nous, le monde s'est mis cul par-dessus tête, on va tous crever, les voyous et les gens honnêtes, et au final ça fera même pas une grande différence !

Puis je me tais, le visage fermé, les larmes au bord des yeux.

Il me prend la main et la serre longuement entre les siennes, calleuses et chaudes, des mains qui ont fait des miracles dans l'antre de la misère, sauvé des vies humaines, et, d'une voix faible, il me demande juste de continuer de les aider et me confie un tract à remettre à Paul, l'informant du sort abominable réservé aux jeunes Russes.

— Mais on est déjà au courant, docteur Lewis ! Que se passe-t-il ? Je le sens, vous n'êtes pas dans votre état normal, c'est vous qui me cachez quelque chose !

Il se recule et me fait signe de partir.

Pauvre vieux, il semble à bout.

Dimanche 22 août 1943. Hôpital Souterrain, Jersey.

Je suis retournée me présenter à l'entrée de la porte de l'enfer. Les mois avaient passé, on était déjà presque à la fin de l'été, et je n'avais plus revu le docteur Lewis. J'étais mangée par le remords, je m'en voulais d'être devenue si dure, comme si plus rien ne pouvait m'atteindre, mon cœur protégé par une coque de granit, sur laquelle les balles rebondissent.

Une espèce de cerbère aux mèches blondes, à la poitrine opulente et moulée dans sa blouse blanche, avec une voix martiale qui martelait les r, m'a vite prévenue.

— Il n'y a plus de docteurrr Lewis, il est parrti, dépo-rté, dépo-rté…

Georges Goldman, le « Demi-Juif »

Vendredi 13 août 1943. En enfer.

Ils m'ont raflé à mon domicile le 12 décembre de l'année 1941[1]. Je le sais, j'ai pu arracher la petite feuille du calendrier journalier de mon bureau, j'y avais même dessiné une étoile jaune. Le jour même, j'arrivai à Villeneuve-Saint-Georges et après deux ou trois autres déplacements, à Drancy. Puis j'ai quitté la prison de Drancy pour une autre près de Cherbourg.

Hier matin, des gardes sont venus nous voir dans nos cellules et nous ont pressés de rassembler nos affaires.

Nous nous rendons au port.

Nous embarquons sur une vieille corvette, un navire hollandais qu'ils ont réquisitionné. Ils nous entassent

---

1. Lors d'une rafle de Juifs à Paris par la Feldgendarmerie. Environ un millier de Juifs sont arrêtés. Voir le livre de Benoît Luc, *Les Déportés de France vers Aurigny, 1942-1944*, Eurocibles, 2010.

à l'avant, à l'arrière, dans les cales, partout où ils peuvent nous mettre. La traversée s'annonce sous de mauvais auspices, la mer est agitée et fait tanguer fortement le bateau. Il faut nous cramponner au bastingage, au voisin, à n'importe quoi, pour nous maintenir debout. Finalement, je trouve ma place contre un flanc du bateau, en m'encordant au niveau de la cabine de pilotage.

Les vapeurs du diesel me rendent malade et ce mouvement de balancier, ça monte, ça descend, je donnerais ma vie pour que ça s'arrête. Je ne quitte pas la mer des yeux, cette mer si mouvante, si furieuse, si sombre, dont la masse menace de nous engloutir à chaque creux de vague, une mer devenue mon seul point fixe, mon seul souvenir.

Je plonge mon regard dans l'eau et j'y vois ton visage, tu lèves les yeux vers moi, tu souris, tu m'encourages, tes longues nattes brunes encadrent ton visage, mon Yvonne, t'ai-je assez dit combien je t'aime, non, on ne le dit jamais assez quand on croit qu'on a tout son temps, la vie ne repasse jamais les plats, j'ai faim, quelle drôle de sensation d'être vide, de n'être plus rien, ah c'est bien, c'est bien comme ça, bientôt la fin. Non, ne pleure pas, tu t'es déjà donné tant de mal...

Je ne sais pas où ils m'emmènent, je tends l'oreille, j'écoute leur conversation quand j'émerge du brouillard qui m'enveloppe. Ils ne savent pas que je parle leur langue, cela pourrait se retourner contre moi. Ils ont dit plusieurs fois Jersey. Pourquoi nous emmener à

Jersey, pourquoi ? Mais il n'y a plus de questions qui tiennent.

Mon pauvre amour, je sais tout ce que tu as fait pour moi, je sais ton attente dans le froid, à faire la queue à Drancy, de l'autre côté des barbelés, avec les femmes venues apporter aux gendarmes français les papiers des prisonniers[1]. Tu as dû te donner tant de mal pour retrouver ton certificat de baptême, et ceux de tes quatre grands-parents, ma douce, ma petite goy, ma catholique, baptisée en l'église Sainte-Croix de Neuilly, tu as dû leur montrer ta médaille en or aussi, oui, je parie que tu l'as fait, tu sais celle gravée du profil d'un chérubin que je t'ai toujours vue porter autour du cou, mais nous sommes tous devenus fous... Fous. Le monde s'est mis en pente. D'abord on a glissé doucement les uns vers les autres puis les uns sur les autres, et le mouvement s'est accentué, et le nombre de gens qui ont décroché a violemment augmenté. Des vies projetées dans le vide. Quand le monde horizontal sera mis à la verticale, il n'en restera plus qu'un, véhément, crachant sur ses cadavres, un fou sanguinaire

---

[1]. Aloïs Brunner organisa un convoi à l'Ouest, constitué de « demi-Juifs », c'est-à-dire, selon la terminologie nazie, de Juifs non déportables à l'Est car ils avaient pu faire la preuve qu'ils étaient conjoints d'Aryennes, c'est-à-dire mariés à des non-Juives. Il fallait pour cela que leurs épouses fournissent les certificats de baptême des deux grands-parents maternels et des deux grands-parents paternels. Voir à ce sujet le témoignage de David Trat publié dans la *Revue d'histoire de la Shoah*, n° 168, janvier-avril 2000.

qu'on nomme Hitler, le Führer, le Diable, bien à cheval sur la Terre.

Quand les gendarmes français sont venus me trouver dans ma cellule après ton passage, ils m'ont forcé à me lever, à me rhabiller, à les suivre. « Toi, le "Demi-Juif", suis-nous, ta place n'est plus ici. » Tu aurais vu le regard de haine froide que m'a lancé David, mon David, mon ami de vingt ans, je l'abandonnais. Je me suis jeté à terre, j'ai voulu résister. « Tu n'as rien à faire avec les autres Juifs » a glapi une voix du fond de la cellule. David a baissé les yeux... Mais quel Dieu permet ça ?

La mer s'est calmée. Je retrouve ton visage dans l'eau, encore un peu plus jeune qu'hier dans mon souvenir. Tu portes une petite robe en soie délavée que je t'ai vue des années auparavant. Puis l'image se transforme encore. C'est comme si dans la profondeur des flots, toute une ville se reflétait, ma propre ville, Paris avec ses toits et les tours de la Conciergerie, Paris telle que je l'ai aimée, comme si ce monde à l'envers, tremblant et oscillant, était devenu plus réel que l'autre, ou plutôt comme si le monde réel n'existait plus que là, au fond de l'eau, visible uniquement par ceux qui ont la tête en bas.

Soudain, il y a une grande effervescence, et le bateau s'arrête.

Nous sommes arrivés. Il fait encore nuit quand le débarquement a lieu.

Je grimpe à bord d'une petite barque en bois, on me donne une rame et l'ordre de pagayer. Je le voudrais que je ne le peux pas, l'eau pèse des tonnes, j'ai mal aux bras. Le soldat en tête de barque me hurle dessus et me donne un coup de pagaie sur le crâne. Je me ressaisis car je n'ai pas envie qu'il me jette par-dessus bord, vas-y, rame, Georges, rame...

Je m'effondre sur le sable, incapable de tirer la barque sur la berge. Celui qui marchait juste derrière moi trébuche sur mon corps. L'autre avec sa schlague nous poursuit, il hurle, il compte, nous pousse du bout de sa baïonnette, puis il sort un revolver, il tire, je sens une secousse sur mon dos. Quand je me relève, le camarade mort pèse sur mes épaules, puis tombe. La terre tangue, je dégueule, j'avance, j'avance, ma petite Yvonne, j'avance pour toi...

Nous prenons une route de macadam. Ils nous conduisent comme des bestiaux vers des abattoirs, sur des mètres et des mètres, peut-être deux kilomètres. Après avoir atteint le sommet de la pente et laissé derrière nous le port et le centre du pays, nous redescendons vers une rive opposée où se trouve une plage déserte. Apparaissent alors les barbelés, la barrière de bois brut, la petite guérite de la sentinelle, la longue et large avenue de boue, bordée sur les deux côtés par les affreuses baraques du camp : nous sommes arrivés.

Celui qui semble être le chef du camp est là. On ne voit rien, nous arrivons en pleine obscurité, mais son visage rouge et grimaçant est éclairé à la faible lueur d'une lanterne.

Il passe entre les rangs et nous dévisage un à un. Il est petit, de forte corpulence, bedonnant, les jambes arquées, la tête ronde. Il braille un ordre et on nous fait mettre en rang et entrer dans une baraque en bois. On a droit chacun à une gamelle dans laquelle ils nous versent ce qui ressemble à du café bouillant, puis on nous fait ressortir en rang.

À l'extérieur, des Allemands nous attendent et donnent des coups de poing dans nos gamelles, nous recevons le liquide en pleine gueule. « Bienvenue en enfer ! » ont-ils l'air de dire en rigolant. Des gamins d'une vingtaine d'années, aux ordres desquels nous sommes obligés de nous plier, nous qui avons facilement le double de leur âge.

Puis ils nous indiquent une autre baraque, assez étroite, meublée d'une trentaine de lits en bois, à deux étages et recouverts de paillasses. Je roule tout habillé dans une couverture, et je m'endors comme un sac.

Un sac de pierres coulé au fond d'un lac…

Pepe Jim

Lundi 23 août 1943. Aurigny.

Moi, la guerre, je ne la vois pas, je ne l'entends pas, je n'en parle pas. J'ai fermé les yeux, la bouche et les écoutilles, et j'ai dit à ma femme de faire pareil, on n'a pas le choix si on veut vivre tranquille. Les soldats allemands ? On fait ce qu'ils nous demandent, on ne pose pas de questions. Les fortifications qu'ils continuent à édifier sur les falaises et les parsèment de taches kaki ? Vraiment moches ? On ne pose pas de questions. Moins t'en dis, moins t'en sais, mieux tu te portes. Pareil pour mes deux gamins, je leur ai interdit d'aller jouer du côté des barbelés, on reste dans notre périmètre, j'ai dit. La ferme, les champs, la plage.

Churchill nous a pas demandé notre avis avant de nous embarquer dans cette sale guerre, et en plus il nous a trahis, il nous a sacrifiés.

Avec les Allemands, c'est simple, c'est honnête, c'est donnant-donnant.

Je suis le seul à m'occuper de la terre, je rends vie aux champs dans l'île désolée, et ils ont besoin de moi pour nourrir leurs troupes, chaque jour plus nombreuses.

Je ne sais pas ce qu'ils fabriquent, mais bientôt il y aura carence de tout, de fruits, de légumes, de blé, je ne peux pas multiplier par dix les pommes de terre ! Chaque jour, arrivent des militaires, des ouvriers, des bouches à nourrir supplémentaires, à tel point que si ça continue ils seront obligés d'en noyer la moitié !

Hier, c'était moins une, j'ai sauvé la vie de ma seule vache, ma Blanchette.

Ils voulaient la faire cuire. J'ai convaincu les deux officiers qu'il valait mieux la garder vivante pour la venue du Führer qui a promis de les visiter, afin de lui préparer un grand repas de fête. Ils ont hoché la tête, en se regardant l'air de douter de la venue en personne de Hitler. J'ai ajouté que c'était important de boire du lait de vache contre les infections, car je sais qu'ils ont une trouille bleue du typhus !

Ma chance c'est que, connaissant Alderney comme ma poche, je suis le seul à pouvoir leur apprendre comment naviguer de la côte au massif rocheux des Gasquets, pour rejoindre le phare. Ces imbéciles ont liquidé le vieux gardien avant de se rendre compte qu'ils en avaient besoin. Maintenant, c'est jour et nuit qu'un peloton de soldats se relaic pour veiller et faire le travail d'un seul homme.

N'est pas marin qui veut ! Comme l'unique moyen de les ravitailler est par la mer, ils sont pas près de se passer de moi.

Georges Goldman, le « Demi-Juif »

Fin octobre - début novembre 1943. Aurigny. Camp de Norderney.

Chaque matin, à 5 heures, des soldats armés de bâtons nous réveillent en hurlant « *Aufstehen, aufstehen* », nous comptent : « *Eins, zwei, drei…* »

Nous avons une heure pour nous livrer aux travaux de toilette et de ménage de la chambrée.

Un coup de sifflet prolongé nous appelle au rassemblement.

Ils nous font mettre en rang dans la cour entourée de hauts barbelés.

L'appel peut commencer.

Un par un, ils nous donnent un numéro dont chacun devra se souvenir.

En colonnes bien formées, on se dirige vers le chantier. La plaine est battue par le vent de la mer. À l'horizon, le soleil se lève, décolore la nuit. Je n'ai plus d'images de nos bords de mer l'été, elles se sont envolées, elles ne viennent plus à ma rescousse.

Nous, les Juifs, sommes en civil, en loques, nous avons gardé ce qui était nos habits. Une étoile à la poitrine, une bande peinte sur notre pantalon nous désignent comme cibles. Ils peuvent nous tirer à vue, pan, pan, sans avoir à se justifier, pan, pan, il a intérêt à avancer le sale Juif, à ne pas sortir du rang, à travailler d'arrache-pied à la gloire du Führer. Il était pianiste ? Il devient terrassier. Il est vieux ? Il a intérêt à remplir des brouettes.

Le plus mauvais sort nous échoit, puisque nous sommes condamnés aux travaux de la carrière. Cela consiste essentiellement en de la maçonnerie. Remplir les wagonnets, les décharger dans la concasseuse pour alimenter la machine, charger à bout de bras, pelletée par pelletée, le gravier qui sort de la concasseuse dans les camions. Je les ai entendus dire qu'ils allaient transformer l'île en forteresse. Une île d'emmurés vivants dont nous bâtissons nous-mêmes les hautes tours.

Je sens mon dos meurtri, paralysé dans sa voussure, mes épaules arrachées par la pelle, mes bras qui n'ont plus la force de soulever les pelletées de graviers. C'est ça, le plus dur, couler le béton, un travail de forçat. C'est aussi parce que c'est le plus absurde, le plus inutile.

J'envie les autres qui travaillent la terre, en plaine, dans les champs de lavande.

Si je m'arrête, il arrive, il me fonce dessus, le petit kapo, il me roue de coups, il se venge, il me menace de sa baïonnette comme s'il y avait lieu d'avoir peur d'un pauvre bougre affamé.

Et le pire, c'est qu'il ne vient à l'idée de personne de résister. Il faut être fort pour désobéir, il faut pouvoir compter sur tous ses muscles, tous ses sens, il faut pouvoir réfléchir. Personne ne peut s'évader, personne n'y songe, même.

Allez, transpire. Remplis des brouettes et des brouettes de gravillons, soulève les sacs de ciment, verse-les dans l'eau, mélange, touille, jusqu'à obtenir la pâte du béton...

L'eau, la farine et le beurre... je revois encore tes mains saupoudrées de blanc pétrir la pâte dans le soleil du matin, près de l'évier de la cuisine, les images se confondent, m'apaisent, oui ces moments ont existé, ils me retiennent à mon humanité.

J'ai vu Evers, le chef du camp, lâcher son chien sur un jeune gars, étourdi, un Chinois, parti pisser dans le fossé, sans l'avoir demandé au préalable. Le chien, lancé par son maître, lui a sauté à la gorge. Le garçon n'a pu être sauvé lors de son passage à l'infirmerie.

J'ai vu le docteur – Lewis, c'est son nom, je l'ai appris par un des gars de la chambrée – désespéré. Il avait l'air sincèrement abattu de n'avoir pu le sauver. Je me méfie de lui, pourtant. Il est juif, mais il est devenu le docteur attitré d'Evers qui souffre de crampes au ventre. Il le masse tous les jours, le soulage de ses maux. C'est vrai aussi qu'il tente d'adoucir notre séjour ici. Parfois, il cache du pain pour les plus affaiblis. Hier, il m'a même donné une orange. Un vrai quartier d'orange délicieux qui est venu crever entre mes dents ! Extraordinaire qu'on trouve des oranges ici ! Et pourquoi me le donner à moi ? Le docteur d'un air résolu me l'a passé en douce lors de ma visite à l'infirmerie – je suis couvert de poux – en me chuchotant quelque chose, mais je n'ai pas compris, j'ai juste eu le temps de serrer l'orange contre moi en priant pour qu'on ne me la prenne pas.

Ils sont venus chercher le corps du Chinois mort dans une camionnette et l'ont déposé quelque part sur la terre du cimetière.

On nous a chargés, nous les Juifs, de l'enterrer dans l'endroit un peu à l'écart qu'on nous a désigné.

On nous a donné des pelles et des pioches.

Le terrain est sablonneux, on y creuse facilement une tombe.

Dans ce cimetière, il y a quelque chose comme huit cents tombes de Russes d'un côté, et un endroit à part, une fosse commune, pour nous, les Juifs.

« C'est là qu'on vous mettra », m'a dit un Allemand en me montrant le chemin. À cet instant, je sais que je ne vais pas mourir ici. Jamais.

Je ne veux pas être transporté dans une camionnette qui me larguera dans une fosse commune.

Hier, ils ont roué de coups Sarfati, mon voisin de paillasse, parce qu'il s'était confectionné un petit chapeau avec du papier pour se protéger du vent, car le vent fait rage, ici, il rend fou, méchant, il hébète.

Ils lui ont fracassé les dents. Ils ne l'ont même pas gardé à l'infirmerie, ils l'ont renvoyé hurler ici. Le pauvre homme a pleuré toute la nuit.

Des pleurs noyés par le vent. Chaque nuit, c'est pareil. Le vent souffle et siffle entre les planches des baraquements. Comme un gémissement profond qui monte des marais, de la lande désolée, comme un sanglot qui éclate dans le silence de la nuit. Personne ne peut fermer l'œil. On dirait les voix de ceux qui nous ont précédés, ces fantômes malheureux qui reviennent nous hanter, se mêler à nos râles, aux plaintes des blessés.

Nous sommes perdus sur un endroit de la terre voué aux sorcières, une île maudite.

Yvonne Goldman (née Larcher)

Jeudi 16 décembre 1943. Maison des femmes françaises, Aurigny.

Je n'ai pas pu me résoudre à le laisser partir sans moi, c'était comme rester seule dans le noir et regarder s'éloigner l'unique source de lumière, la peur a été la plus forte, j'ai préféré le suivre, coûte que coûte.

Je vous déçois. Vous aimeriez prendre ça pour du courage, du dévouement ! Non, j'ai juste agi comme une petite fille paniquée à l'idée de perdre son tuteur.

De Drancy, mon mari a été transféré avec les autres « demi-Juifs » vers le camp de Querqueville, près de Cherbourg[1]. Là, dans le petit village, parmi les maisons grises rassemblées autour de l'église, j'ai trouvé un logement chez l'habitant, un couple de vieux fermiers que

---

1. Les Juifs, conjoints d'Aryennes, quittent Drancy pour Querqueville le 16 juillet 1943. Ils sont déportés vers Aurigny le 12 août 1943. Voir le livre de Benoît Luc, *Les Déportés de France vers Aurigny, 1942-1944*, Eurocibles, 2010.

j'ai payé en bijoux. Et j'ai attendu, j'ai attendu. Un mois entier à me ronger les sangs, à essayer de glisser des colis pour lui à travers les barbelés du camp. J'ai réussi à sympathiser avec les deux jeunes officiers allemands qui avaient réquisitionné la ferme et qui adoraient plaisanter en français. Eux ne portaient pas l'uniforme des SS.

C'est par le plus jeune d'entre eux, vingt ans à peine, un gamin, un soir de beuverie où je l'ai accompagné jusque dans sa chambre – mais il ne s'est rien passé que la morale réprouve, j'ai juste, bref, vous savez comment on fait dans ces cas-là –, que j'ai connu la date du départ retenue pour le convoi des « demi-Juifs ». Ensuite, j'ai réussi à soudoyer un pêcheur pour m'emmener à Jersey.

En plein été, j'ai débarqué en enfer.

Imaginez, une île peuplée à craquer de Russes, de Polonais, d'Allemands, dix soldats pour cent bagnards, une île en chantier, couverte d'armes et d'ouvriers. J'avais gardé une photo de mon mari sur moi, datant du jour de notre mariage. Mais comment le retrouver parmi tout ce monde ? C'est alors que j'ai eu l'idée, ou plutôt le besoin, de m'engager.

Je me suis fait inscrire comme infirmière volontaire à l'Hôpital Souterrain.

Ce n'était rien pour moi de signer leurs papiers allemands, ce qui comptait c'était de me dire que si Georges était blessé, s'il passait par l'hôpital, je serais là pour le soigner. Ça non plus, je n'en suis pas fière, mais je suis comme je suis. Je ne vais pas vous mentir. Je suis amoureuse, exclusive, et ça me rend égoïste. J'ai aussi l'habitude de franchir les barrières, les interdits. J'adore dire ce que l'on tait, faire ce que l'on ne fait pas, épouser un Juif quand on vient du ventre d'une mère à l'antisémitisme de bon aloi, bête, moutonnier. Un terreau fertile pour les plantes barbares, celles qui ont éclos à l'affaire Dreyfus, celles qui préparent un peuple à l'ignominie... Mais je m'égare.

Je ne suis pas restée longtemps à l'Hôpital Souterrain, une dizaine de jours seulement, car le docteur Lewis avec qui je m'étais liée a été déplacé. Ils l'ont envoyé sur l' « île Adolph » comme ils ont surnommé Aurigny, la plus petite des îles anglo-normandes.

C'est de cette façon que j'ai appris l'existence de quatre camps de concentration sur l'île d'Aurigny, à ne pas confondre avec les camps de travailleurs de l'Organisation Todt qu'on trouve à Jersey. J'ai compris : je m'étais trompée d'île, mon mari, en tant que déporté juif, devait être prisonnier d'un de ces camps de la mort et non traité comme un simple condamné aux travaux forcés.

Je me suis dit qu'enfin la chance était de mon côté.

J'ai cru que ce serait facile, à partir de là, de gagner Alderney. En fait, c'est à ce moment que les vrais ennuis ont commencé.

J'ai dit au pêcheur qui m'a fait traverser que j'étais une infirmière réquisitionnée par l'armée allemande et que je devais rejoindre le camp de Norderney, car j'avais appris qu'il s'agissait du seul camp de l'île tenu par deux nazis[1]. Je n'ai pas fait attention au fait qu'il me regardait bizarrement. Il n'a pas ouvert la bouche durant toute la traversée, mais il avait l'air sûr de lui au milieu des creux énormes, et c'est tout ce que j'attendais de lui.

Une fois sur place, je lui ai demandé s'il pouvait me loger, le temps que je m'organise, que je prévienne de mon arrivée le chef de camp.

Sa première réaction a été négative, mais quand il a vu le diamant que je pouvais lui donner en échange, il a hoché la tête.

Pepe Jim, c'est son nom, m'a présenté à sa femme et ses enfants. Ils m'ont donné une petite chambre en rez-de-jardin et j'ai cru que j'avais trouvé une nouvelle famille, un refuge, des gens simples et bons qui m'ouvraient leur maison. Il était convenu qu'en échange de mon aide aux travaux de la ferme et d'un loyer que je leur payais avec mes derniers bijoux, je pourrais rester autant que je voulais. Ils me voyaient partir chaque jour rendre visite au camp et ne me posaient pas plus de questions.

J'ai réussi assez rapidement à rentrer en contact avec le docteur Lewis mais en réalité, je ne suis jamais allée

---

1. Adam Adler et Heinrich Evers, deux SS venus du camp de Neuengamme en Allemagne, dirigeaient le camp de Norderney. Voir « Aurigny : typologie d'une déportation », dans la revue *Mémoire vivante*, n° 60, mars 2009, ou l'ouvrage de Benoît Luc, *Les Déportés de France vers Aurigny, 1942-1944*, Eurocibles, 2010, et le livre de Jean-Louis Vigla, *Histoire d'un camp nazi. L'île d'Aurigny (Alderney)*, Éditions A. Sutton, 2002.

dans le camp. C'est un camp de concentration interdit aux femmes. J'ai juste regardé de l'extérieur et j'ai vu que les prisonniers étaient traités pire que des chiens, et mon cœur a saigné pour mon homme. J'étais prête à prendre tous les risques.

Pendant quelques jours, j'ai pu mettre sur pied un petit trafic de colis que je faisais passer à l'infirmerie à l'attention spéciale de mon mari. Je profitais des livraisons quotidiennes de Pepe Jim au camp pour en dérober une partie, j'ai même réussi à lui voler une orange, parmi les marchandises qu'il apporte de Jersey. Je me suis imaginé que j'agissais avec la complicité bienveillante du fermier.

Je ne sais pas comment j'ai pu à ce point manquer de lucidité, mais c'est ce que j'ai fait.

Ai-je été vraiment surprise quand, ce matin, bravant le froid et l'épais tapis de neige dans la cour, deux soldats allemands ont débarqué pour m'arrêter ? Non. Je crois que je suis soulagée, mes sœurs. Le papillon n'en pouvait plus de s'affoler.

Évidemment, je ne rejoindrai pas mon mari. Dans cette maison spéciale pour « les femmes françaises », comme ils disent, on sait très bien à quoi s'en tenir, à quelle fin ils nous destinent. Nous sommes là pour offrir un moment de détente aux soldats allemands et assurer le programme de procréation voulu par Hitler. C'est bien ce que nous a annoncé la kapo chargée de notre surveillance, n'est-ce pas ? Nous sommes ici en tant que délinquantes de droit commun, mais « vous êtes aryennes comme moi ». Celles que je plains, ce sont les Juives. Elles sont dans une chambre à part. Ça vaut mieux pour moi de pas être mélangée avec elles, même si mon nom d'épouse est juif. Ce matin, à l'appel, la kapo n'a pas manqué de me le faire remarquer.

Les pauvres Juives, on les a fait mettre nues sous leur manteau boutonné dans le dos. Vous savez ce que signifie ce ridicule accoutrement qui les fait ressembler à un épouvantail et un pingouin ? Il n'y a que par là que les soldats les prendront, pauvres femmes qu'ils cassent en deux, le cul livré à leurs ardeurs besogneuses : on ne fait pas d'enfants aux Juives.

Nathalie Goldman

Dimanche 16 juin 2013. Saint-Hélier, Jersey.

Je me suis assise sur un des bancs de Libération Square, la place principale de Saint-Hélier. Une statue en son centre représente des Jersiais en liesse fêtant la libération de l'île le 9 mai 1945 par les Anglais. Ils sont tournés vers l'hôtel Pomme-d'Or où, pendant la Seconde Guerre mondiale, s'étaient installés les officiers allemands. Un doux soleil transperce par intermittence les nuages gris et me réchauffe. En attendant le bus qui doit me faire faire le tour de l'île, je relis les notes que j'ai prises rapidement sur la situation générale en 1944.

<u>*Note historique n° 6*</u>

C'est l'année du véritable tournant de la guerre. Churchill sent qu'il va pouvoir écraser son adversaire. Les Allemands commencent à perdre et à reculer sur tous les fronts. En juin, c'est la bataille de Normandie. De Gaulle libère la France. Mais les îles ne pèsent rien, ni pour les Anglais, ni pour les Français. Et le point de vue de Churchill est qu'il faut laisser pourrir la situation là-bas ; mieux vaut sacrifier des centaines d'hommes pour en sauver des milliers. C'est la phrase que j'ai vue au fronton du Jersey War Tunnel : « Let's them starve. No fighting. They can rot at their leisure. » (« Laissons-les mourir de faim. Pas de combat. Ils peuvent pourrir à leur guise.) Bien sûr, il pensait aux soldats allemands, mais ça fait mal quand on pense au pauvre peuple des îles.

1944

Georges Goldman, le « Demi-Juif »

Samedi 1ᵉʳ janvier 1944. L'enfer.

Je sais qu'aujourd'hui nous commençons une nouvelle année, je les ai entendus en parler entre eux, cela me donne un repère, même si les sons peu à peu se vident de sens. Je ne sais plus à quoi correspondent le son « samedi » ni les mots « un premier jour de l'année », j'ai le drôle de sentiment d'avoir tout oublié de ma vie d'avant.

Le temps s'est aboli, oui, et même il s'est ralenti pour peu à peu se solidifier en froid.

La lumière est ouatée, chargée d'humidité, la neige aveuglante, et nous sommes rassemblés pour l'appel, en rangs dans la cour, essayant de battre du pied, de remuer nos orteils dans nos souliers. Il me faut du temps pour comprendre que je peux bouger à l'intérieur du bloc de glace dans lequel je me suis enfermé. Que je dois bouger. Tout en moi devient de plus en plus inerte, insensible.

C'est un appel inhabituel : il a lieu en plein milieu de journée. Les explications viennent peu à peu. Les autorités ont découvert un début de typhus dans les camps et font le tri pour savoir qui parmi nous en est atteint, les malades seront menés par bateau sur le continent afin d'être soignés. Rejoindre le continent, échapper à cet enfer, je rêve d'être déclaré malade, je crois que chacun d'entre nous rêve d'avoir le typhus.

Dans le rang juste devant moi, un homme âgé s'affaisse et tombe, puis il se redresse et s'assoit dans la neige. Lentement, il s'y creuse une place, comme les animaux font leur couche pour mourir. Il s'affaire avec des gestes menus, précis, il pleure doucement.

Le gardien s'avance vers lui et le tape à coups de crosse dans les côtes, à coups de schlague, comme à leur habitude. L'autre se relève, chancelant.

Enfin, le signal est donné de nous faire avancer.

Au fur et à mesure que nous progressons, nous commençons à apercevoir le personnage qui est à l'origine de ce rassemblement.

C'est un officier allemand bardé de décorations et de galons qui trône au milieu de la cour, assis dans un fauteuil majestueux. On se présente devant lui, il nous fait tirer la langue, nous pose deux questions et nous fait mettre à droite ou à gauche selon qu'il considère qu'on est malade ou bien portant.

Quand j'arrive devant lui, je tremble comme une feuille.

L'officier me regarde presque en se marrant et il doit me dire quelque chose comme « beaucoup de poux ? », et je lui réponds « oui, beaucoup ». Il fait un signe de tête au garde et celui-ci me pousse en dehors de la file, du mauvais côté. Celui des bien portants, celui de ceux qui n'iront pas rejoindre le continent.

Plus tard dans la soirée, réunis dans notre baraque, quand on a constaté qu'il n'en manquait pas un de nous, mais que presque tous les ZKZ[1] de la baraque d'à côté faisaient partie des malades, on a trouvé ça étonnant, une sorte de privilège qui leur serait réservé.

Au signal du départ du navire, on se presse tous aux fenêtres pour jeter un œil, et on voit le *Saint Julien* sur lequel ils ont embarqué tous les « malades » quitter le quai, puis s'engager au milieu de la baie. J'ai un pincement au cœur, je les envie.

Mais soudain, l'horreur. Là, devant mes yeux, je vois le bateau-hôpital qui commence à s'enfoncer. On entend des cris. Il fait presque nuit, il fait un temps affreux, mais, malgré la brume, j'aperçois des têtes dans l'eau, des pauvres silhouettes qui essaient de s'échapper du rafiot et qui reviennent à la nage vers les pontons du port ou vers la côte. C'était un piège !

Un de nous dit quelque chose comme « les salauds, ils ont ouvert les cales, ils sont en train de les noyer ». Et c'est vrai.

---

1. On désignait ainsi les Nord-Africains (surtout des Marocains) raflés sur le vieux-port de Marseille. Voir Jean-Louis Vigla *Histoire d'un camp nazi. L'île d'Aurigny (Alderney)*, Éditions A. Sutton, 2002.

Tout le long du quai, des Boches se sont postés en ligne et ils abattent comme des chiens ceux qui tentent de s'échapper.

On entend des coups de feu jusque tard dans la nuit[1].

---

1. Épisode véridique relaté dans le livre de Jean-Louis Vigla, pp. 40, 41, 42.

Diane Fitzgerald

Vendredi 4 février 1944. Manoir de Noirmont, Saint-Aubin, Jersey.

Quelle nuit agitée… Tandis qu'à moitié réveillée aux côtés de mon mari, j'écoutais le vent mugir par tourbillons furieux autour de nous, la pluie ruisseler en cascades contre l'auvent, j'ai eu la sensation d'un froid profond et pénétrant sous ma peau, parvenant jusqu'à mes os pour les rompre tels des bâtons de givre. Le vent suffisait à me dissoudre, il ne restait de moi qu'une flaque d'eau et le sentiment de m'être évaporée, de n'être rien. Rien. J'ai trouvé que cela résumait assez bien notre situation, nous ne sommes rien, rien que de l'eau. Y penser m'aide à prendre du recul.

Ce matin, ce n'est même pas à James que j'ai demandé la permission d'emprunter la voiture. Je suis allée voir directement le Bailli, mon beau-père, pour qu'il me donne les clefs de l'Aston Martin.

Le Bailli ne peut plus rien me refuser depuis que j'ai fait amie-ami avec le plus gradé des deux officiers qui logent au manoir. Je compte, désormais.

Il fallait que James soit bien saoul pour me traiter de « pute à boches » hier au soir. Pauvre fou. Ils ont cru se débarrasser de moi en me laissant être déportée en Allemagne ! Et voilà que je reviens au foyer en maîtresse qui dicte sa loi. Le Herr Kommandant, le Colonel, Frederick de son prénom, qui est le seul maître de notre maison, m'apprécie beaucoup, et cela ne me coûte pas beaucoup plus de coucher avec lui que de subir les avanies de mon beau-père ou de celui qui se nomme encore mon mari. Je n'aurais pas survécu longtemps s'ils m'avaient déportée en Allemagne, avec les non-natifs de l'île, comme les Allemands en ont eu l'intention, avant de changer d'avis.

J'appuie sur le frein et arrête la somptueuse et imposante voiture bicolore, blanc crème et bordeaux, à hauteur de Victoire qui soutient sa mère Madeleine par le bras. Elles m'attendaient le long de la route et n'ont qu'une unique valise en carton pour bagage. Je me penche vers la vitre, côté passager, et fais signe à la jeune fille.

— Allez, monte, Victoire. Prends place à côté de moi, tu m'aideras à trouver mon chemin.

— Monte à l'arrière, Maman, n'aie pas peur.

La pauvre Madeleine, absente à elle-même, nous fixe sans nous voir, la bave aux lèvres. Je me demande quelles images défilent sous ses yeux creux pour qu'elle nous regarde avec autant d'horreur.

— Je n'ai plus d'autre solution que de la placer là-bas, à l'asile de Rozel Bay, c'est terrible, murmure

Victoire. J'espère juste qu'elle ne se rendra compte de rien. Sœur Augustine m'a promis de s'occuper personnellement d'elle... Qui sait le monde dans lequel elle vit désormais ? Merci de m'aider.

— C'est ce que tu pouvais faire de mieux, la placer chez les sœurs. Je t'attendrai dans la voiture, je ne suis pas sûre qu'Augustine ait envie de me voir.

Pourtant, si elle connaissait la réalité de ce que je pense de son frère, mon beau-père... Enfin, ce n'est pas le sujet.

Je me tais.

Cela fait partie des malentendus dont ma vie est tissée. Je me sens beaucoup plus proche de ces deux vieilles filles, en couple et résistantes, que de mon propre mari et de son père. J'aimerais pouvoir leur dire que je les aime, mais elles me prennent pour ce que je ne suis pas. Je me demande comment je fais dans la vie pour si peu ressembler à celle que je suis au fond de moi.

Depuis un long moment, nous suivons le bord de route en silence, laissant derrière nous les vastes étendues de sable, d'où la mer semble s'être retirée pour ne jamais revenir, et roulant vers les côtes plus escarpées des falaises du nord de l'île. Je trouve cela grisant de conduire, d'entendre le moteur répondre à mes impulsions, de tenir le volant entre mes mains et de diriger l'engin. J'ai l'impression de me délester, de me prendre en main, de conquérir ma liberté.

— Cela paraît dingue de rouler à cette vitesse... Il n'y a plus rien sur l'île et toi, tu trouves de l'essence.

Je freine avant d'accélérer de nouveau pour prendre le grand virage en épingle à cheveux qui nous mène sur les hauteurs de Rozel Bay. La voiture, lourde, est poussive dans la montée. L'asile se cache dans les fortifications. Je me gare devant l'entrée.

— Victoire, vas-y. Je t'attends.

La jeune fille prend sa mère par le cou et l'attire à elle, puis, d'un pas lent, elles se dirigent ensemble vers l'établissement.

Quand elle reprend place sur le confortable fauteuil de cuir bordeaux à l'avant de la voiture, je sens que Victoire bout de me poser mille questions. Je prends les devants.

— Victoire, le chef de la Feldkommandantur vit chez moi, au manoir, tu le sais, n'est-ce pas ? Alors, écoute-moi bien. Si tu as quoi que ce soit que tu n'as pas déclaré, il faut le faire maintenant, sans hésiter, ils deviennent très nerveux. James connaît un fermier qui vient d'être envoyé en prison pour un mois, pour n'avoir pas déclaré son cochon. On n'a rien pu faire pour lui. Tu m'entends, n'est-ce pas ? La tension monte. J'ai l'impression que c'est eux qui vivent dans un état d'anxiété permanente. Leurs services de renseignements ont intercepté des messages qui laissent penser que les Alliés préparent un débarquement massif sur les côtes françaises.

— C'est vrai ? Oh j'en suis sûre ! J'en suis sûre !

Les poings serrés, elle tambourine contre le siège entre ses cuisses décharnées.

— C'est un secret que je te confie. Ne me trahis pas. Mais je t'en conjure, fais attention jusque-là. Mets-toi en règle !

— Mais je le suis, Diane.

Elle me regarde avec son drôle d'air, ses cheveux courts dressés sur la tête, qui la font ressembler à un de ces vanneaux huppés, ces oiseaux noir et blanc qui peuplent notre île.

— Je te fais confiance. Mais sache que je ne pourrai rien faire pour toi. Pour obtenir les bons d'essence de la part du commandant, cette fois, je lui ai dit la vérité, que ta mère avait besoin d'être soignée, que tu tiens seule l'épicerie du village et que ta famille a été décimée. Ça ne marchera pas à chaque fois.

— J'ai compris, Diane, merci, vraiment. Tu veux que je te rapporte quelque chose de l'Épicerie, ce soir ? Il nous reste encore un peu de sucre et…

— Ça ira, non, merci.

Je l'ai suivie du regard un petit moment tandis qu'elle s'éloignait.

La plus perdue n'est pas celle que tu crois, Papa.

Il m'arrive de plus en plus souvent de communiquer mentalement avec mon père, de lui demander conseil.

La vérité est que j'ai peur.

Papa, tu ferais quoi, à ma place, tu m'as toujours appris à être diplomate, non ? À gagner du temps, à endormir la vigilance de l'ennemi. Non, personne ne m'a jamais appris à me battre, j'imagine que ce genre de leçons était réservé aux garçons, je me débrouille comme je peux, et j'ai une trouille bleue.

Si les Allemands perdent la guerre, ils vont devenir fous. Qui les empêchera de saccager notre île, de tous nous tuer ? Plus les nouvelles du front sont mauvaises pour notre ennemi, plus mon beau-père se courbe devant lui. Il a promis aux Allemands de régner sur cette île pour l'éternité.

Quel enfer ! Mon beau-père est devenu mon pire cauchemar. Son rire des cavernes me réveille la nuit. Tel un vieux sorcier, il passe devant mes yeux, les cheveux au vent, à cheval sur son balai, il braille que nous sommes perdus, les oubliés de Dieu.

En rangeant l'Aston Martin à sa place, sur les graviers de la cour au dos du manoir, je fais attention pour la première fois au camion garé là.

Deux gars en casquette et en bras de chemise, malgré les températures encore hivernales, déchargent des caisses volumineuses et semblent écrasés sous leur poids. Quand je leur demande de quoi il s'agit, ils ne savent pas me répondre, sauf que c'est livré directement du port et que c'est fragile comme c'est indiqué sur le haut de chaque caisse.

Dans l'encadrement de la fenêtre de la cuisine, j'aperçois James, pas rasé, débraillé, sirotant son whisky de onze heures, et qui semble regarder leurs allées et venues d'un air narquois.

— De quoi s'agit-il ?

Il me regarde, l'air peiné. La manche de sa chemise du côté où il lui manque un bras, flotte, vide, inutile, cruelle, sur son ventre.

— Tu n'es pas au courant ? Il te fait des *kachoterries*, ton petit *kommandant* ?

Je hausse les épaules, je hais notre situation. Une suite de choix qui n'en sont pas.

— Nous sommes riches, riches à crever, la guerre nous aura définitivement enrichis, tu as bien fait de m'épouser !

C'est dit avec une telle amertume ! Comment peut-on se détester à ce point ?

— Des tableaux de maîtres, de l'argenterie, des bijoux, oui des gros diamants et des lingots d'or... Bref, un petit trésor sur lequel ton *Kommandant* et mon cher père se sont mis d'accord pour ne pas le laisser filer aux mains des Hitlériens.

— Et ça vient d'où ?

— Des Juifs arrêtés, bien sûr ! Ça non plus, tu n'es pas au courant, mon petit *kanard* ? Mais de quoi parlez-vous avec le *Heil Kommandant* ? ! Ils ont ouvert un camp pas loin d'ici, à Aurigny, réservé aux Juifs mariés à des cathos, souvent des hommes d'âge mûr et assez intégrés socialement, tu comprends ce que cela veut dire, n'est-ce pas ? Tu parles leur langage maintenant. Cela signifie qu'ils ont mis la main sur des gros poissons, des Rothschild, des Israel, des Bloch et qu'ils...

J'ai à peine eu le temps de me retourner. Penchée au-dessus de l'évier, je vomis.

— Il manquerait plus que le Boche t'ait mise enceinte ! s'exclame James, en avalant d'un trait son fond de whisky et en claquant la porte derrière lui.

Victoire Le Gallais

Mercredi 17 mai 1944. Maison des femmes françaises, Aurigny.

Le lendemain du jour où j'ai mis ma mère à l'asile, le lendemain même du jour où cette femme, Diane Fitzgerald, m'avait mise en garde (et il ne se passe plus une heure sans que je m'en veuille de ne pas l'avoir écoutée), des gars de la Gestapo ont débarqué à l'Épicerie centrale. Ils ont commencé par tout fouiller, par éplucher mes comptes. Comme je n'avais jamais fait de marché noir, j'ai pensé que c'était bon, quand un de leurs gars a déplacé un de mes gros sacs en toile de jute et a trouvé la trappe. L'horreur. J'ai entendu des pleurs, des cris, des *Schnell! Schnell!* et je me suis évanouie. Tu te rends compte ? Je n'ai même pas eu le courage d'assister à leur arrestation.

Yvonne hausse les épaules et tourne le visage vers la fenêtre. Cela me permet d'admirer son profil d'aigle, son nez fin, joliment arqué, qui semble recopier dans un souci d'harmonie extrême la courbe du sourcil. Je ne sais jamais ce qu'elle pense, mais quelque chose de pur et d'éclatant émane d'elle et m'inspire confiance. Depuis que je suis enfermée dans cette prison pour femmes, non, disons la vérité, dans ce bordel pour boches, il n'y a qu'avec elle que j'ai tissé un début d'amitié. Elle doit avoir dans les vingt-huit ans, une petite dizaine d'années de plus que moi, et son histoire m'a émue. Surtout, elle vient de si loin, elle porte le parfum de Paris tout entier, cette ville qui nous a toujours fait rêver, Maman et moi. C'est un enchaînement de circonstances incroyables qui l'ont menée jusqu'ici. Et elle est la dernière personne qui a pu me donner des nouvelles rassurantes du docteur Lewis.

Cela me fait du bien de lui raconter ce qui s'est passé.

— Je pense que quelqu'un a vendu la mèche pour les Marks, quelqu'un a dit : « Vous devriez fouiller l'épicerie », oui, ça se passe toujours comme ça, t'es bien placée pour le savoir, hein ? Je me souviens que tu m'as raconté que ton mari avait été dénoncé par le concierge de votre immeuble à Paris et que ce sont des gendarmes français qui ont mené la rafle.

Yvonne tire une bouffée de sa cigarette (des cigarettes de contrebande, une denrée devenue tellement rare sur l'île qu'elle l'a échangée contre un bijou) et m'interrompt de sa voix grave.

— Oui, des gendarmes français, venus arrêter un officier de la chevalerie, un combattant de la guerre de 1914-1918, un commandant aux ordres de Pétain... Mon mari, infiniment plus français que juif, a été trahi puis arrêté par ses compatriotes. Cela semble invraisemblable, non ?

— Non. Sur l'île, il n'y a pas eu de milice locale pour aider l'envahisseur, mais les huit ordonnances dictées par la loi allemande ont été appliquées, et ils ont poursuivi les Juifs avec le même zèle qu'en France, j'imagine. En plus, sur une île, il n'y a nulle part où se cacher, tout le monde se connaît, on vit les uns sur les autres, avec le sentiment que nul ne peut s'échapper. Tout s'embrouille dans ma tête... Où en étais-je ? Ah oui, évidemment, mes premiers soupçons ont été pour la boulangère de la paroisse, une vendue aux Allemands, et son fils. Oui, ça me fait terriblement honte, maintenant, mais c'est vrai, j'ai même soupçonné son fils, Paul, un amoureux éconduit. Ce sont les plus dangereux en temps de guerre, demande aux autres filles retenues ici, elles te le diront toutes, beaucoup d'entre elles sont là pour une histoire d'amour qui a mal fini, ou un type à qui elles se sont refusées, et moi je l'ai vite compris. Mais voilà que j'apprends que la pauvre boulangère a été arrêtée elle aussi. Ça m'a paru impossible. Il paraît qu'elle cachait un jeune Russe dans son sous-sol ! Elle, que je méprisais tant, s'était mise en danger pour sauver une vie, elle avait voulu tenir tête à l'envahisseur à sa façon. Tu vois, Yvonne, je me dis que ce sont elles qui ont raison, ces femmes adeptes du double jeu, ce sont elles, les femmes fortes. Nous, on est trop entières, trop casse-murailles alors qu'en réalité on se brise sur le moindre mur... Ils l'ont envoyée en Allemagne, à Ravensbrück. Si elle avait encore été en âge d'avoir des enfants, elle serait venue ici avec moi. Mais voilà, son ticket n'était plus valable ! Peut-être qu'au final elle a eu plus de chance que nous...

Ma dernière phrase fait bondir Yvonne. Ses lèvres fines et serrées semblent ne pas s'ouvrir pour laisser passer les sons. Elle me tance :

— Tu ne sais pas ce que tu dis ! Moi, c'était ma hantise qu'ils envoient mon mari dans un camp en Allemagne, ou pire, en Pologne. Tu ne peux pas imaginer mon soulagement quand j'ai su que mon mari serait déporté ici, à Aurigny. Je l'ai obtenu comme une faveur des Allemands, sa sœur et son meilleur ami ont été déportés en train jusqu'à Auschwitz, en Pologne. Tu ne sais pas ce que c'est la Pologne, ce froid, ce ciel gris, ce peuple qui hait ses Juifs depuis toujours. Mon mari était originaire de là-bas, ils avaient déjà fui leur pays une fois...

— Yvonne... !

Elle frémit à mon appel, s'interrompt et pose ses beaux yeux gris sur moi. Je n'ai jamais vu une femme d'une telle élégance, on la croirait sortie d'un de ces films en noir et blanc que je pouvais voir six fois d'affilée, une journée entière à m'oublier dans le confort sourd du cinéma Le Forum, à Saint-Hélier.

— Yvonne ! J'ai peur. Ça fait trois mois que je n'ai pas saigné. Je me rassure en me disant que je n'ai jamais eu des règles très abondantes, mais j'ai la trouille au ventre. L'idée de porter un de leurs rejetons me révulse. Je sais, c'est l'assurance qu'ils me laisseront enfin en paix, mais pour moi, c'est quitter un enfer pour un autre. Je préférerais être brûlée vive. Je me dis que si je porte l'enfant d'un officier allemand dont je ne connais pas le visage, pas le nom, qui est soit un nazi tatillon, un employé de bureau, soit un boucher, qui est forcément quelqu'un que je hais, un de ceux qui ont tué mon propre frère, fait disparaître mon père, ma mère, éteint toute joie en moi, je me tuerai.

— Mais nous sommes en vie, Victoire, et ce n'est pas pour rien.

Elle enfonce ses yeux dans les miens, me prend la main, comme si par là, par ce chemin, elle pouvait me transférer un peu de sa force.

— Célébrons la vie, c'est encore la meilleure façon de leur résister, tu...

Je ferme les yeux, dans l'espoir de retenir mes larmes. Je ne l'écoute plus. C'était hier, c'était il y a trois mois, c'était en plein après-midi, les volets étaient fermés, je me souviens m'être dit, c'est trop bête, une si belle journée... Le soleil jouait à faire des rais sous la porte, des ombres sur le mur, mais ils m'ont mis un bandeau sur les yeux et ça a commencé. Il y en avait plusieurs. Le premier m'a ouvert les cuisses brutalement, a tenté d'enfoncer son poing dans mon vagin et a gueulé que j'étais sèche comme une trique. Je l'ai entendu cracher dans sa main à plusieurs reprises et il est revenu me fourrer ses doigts, me graisser avec sa salive, tandis qu'un autre m'enfonçait son membre dans la bouche, tirait sur mes bouts de sein comme pour les agrandir, en vociférant. J'ai commencé à me débattre, à mordre.

J'ai reçu un coup en pleine figure. À moitié K.-O., je me suis laissée faire. Ils m'ont prise, ils m'ont rejetée. Plusieurs fois. Un à un. Et chaque fois j'ai dû supporter leurs ahanements, leurs cris de jouissance presque plaintifs. Mais j'imagine que pour elle, ça a été pareil.

— Tout à l'heure, Yvonne, je demanderai à aller chez le docteur me faire ausculter. S'il déclare que je suis enceinte, je ne donnerai pas naissance à un monstre, je haïrai l'enfant que je porte, je ferai tout pour le perdre. Mais si je le perds, ils recommenceront, et si je ne tombe plus enceinte, ils se débarrasseront de moi...

— Ça suffit, les messes basses ! Toi, viens me voir.

L'affreuse kapo nous interrompt. Elle se place entre nous. Nous la regardons sans comprendre.

Elle attrape Yvonne par la manche de son chemisier, puis la crochète au cou avec la courbe de sa canne.

— Evers est là. Il a demandé après toi. Je t'ai préparé une bassine d'eau. Dépêche-toi.

Tout en parlant, l'affreuse kapo tire sur la canne. Elle pourrait faire tomber Yvonne, l'étrangler. Je vois son visage congestionné, son expression immobilisée net par le col de la canne qui l'étrangle par-derrière. Elle desserre à deux mains l'étreinte puissante autour de son cou et me souffle :

— Pense aux Juives, elles sont beaucoup plus à plaindre que nous.

Georges Goldman, le « demi-juif »

Le tunnel de la mort. Printemps. An 1944. Aurigny.

Nous sommes des morts vivants, et souvent, nous sommes plus morts que vivants. La phrase tourne dans ma tête. Le printemps chante. J'essaie de ne plus l'entendre, de le nier, cela me surprend tant, un printemps qui chante.

Je suis un mort-vivant. Qu'est-ce qui est vivant, qu'est-ce qui est mort ?

C'est vivant autour de moi, mort à l'intérieur.

Morts, mes membres, dont il ne reste que des os, mort mon regard, mortes mes pensées, mais vivante ma mémoire. Pourquoi ai-je gardé la mémoire ? Pourquoi cette injustice ? De ma mémoire ne s'éveillent que des images qui me mettent les larmes aux yeux.

Au printemps, me promener avec Yvonne le long des quais de la Seine. Sa main dans la mienne, comparer les platanes des Tuileries et les marronniers du Champ-de-Mars, traverser le jardin du Luxembourg à l'heure où les enfants rentrent de l'école, leur cartable sur le dos, et s'éparpillent dans les allées telle une envolée de moineaux, choisir deux chaises jaunes près d'une fontaine et s'embrasser, ou peut-être se disputer, mais être vivants, vivants...

Ici, rien n'est vivant. Ici, le soleil n'est pas du printemps, c'est un soleil blanc qui nous rend livides, qui nous vide.

Mon seul point fixe dans ce magma informe qu'est le temps : aujourd'hui, je sais, c'est dimanche. Pas de travail à l'extérieur du camp, repos.

Non, je dois me tromper. Le coup de sifflet habituel. On nous appelle, nous, les Juifs, tous les Juifs de toutes les baraques du camp. On nous fait mettre en rang. Nous sommes des centaines et nous avançons en colonnes, nous sortons du camp, mais sans prendre nos outils. Ah, on nous emmène près de la plage...

Un court moment, j'ai une pensée pleine d'espoir : ils nous trouvent sales, ils vont nous donner l'ordre de nous baigner. Je ne sais plus ce qu'est l'eau salée sur la peau, je n'entends plus le bruit des vagues, ça s'est effacé.

Mais non.

Ils nous mènent dans les ajoncs, sur la dune, à l'entrée d'un tunnel et ils nous poussent dedans, à coups de baïonnette, d'ordres hurlés, de coups de crosse. Ils nous entassent par centaines et centaines, tous les Juifs du camp, entassés dans un tunnel d'une vingtaine de mètres.

Les issues sont bouchées, on ne peut plus respirer, les pantalons rayés s'affolent. Les soldats hurlent de nous taire, un homme en faction à l'extérieur, juste à l'entrée du tunnel, nous menace de sa mitraillette. Ils nous demandent de garder notre calme, ils disent que c'est pour notre bien qu'il faut faire des essais en cas d'attaques des alliés, en cas de bombardements[1].

Une vingtaine de minutes se passent et ils nous relâchent. Fausse alerte.

Bloch se penche vers moi et me dit : Ils ont voulu nous montrer ce qu'ils feront de nous en cas de débarquement allié ou en cas de rébellion.

Je le regarde, les yeux vides : comment peuvent-ils imaginer que nous pourrions nous rebeller ?

Le lendemain, ça recommence. Même exercice.

Cette fois, j'ai eu la présence d'esprit de me munir d'une pelle et Bloch a dérobé une pioche, afin de lutter pour ne pas mourir asphyxiés comme des rats.

Evers agit d'une façon encore plus zélée. Il nous tasse comme jamais des rats n'ont été tassés, os contre os, chairs flétries contre chairs pourries, chairs brunâtres, violacées, grises, haleines fétides des assoiffés contre haleines fétides. Nos lèvres sont gonflées, nos langues

---

1. Épisode véridique qui prouve que Norderney était bien envisagé par les SS comme un camp de la mort pour les Juifs qui y ont été déportés. Voir à ce sujet le témoignage de David Trat dans la *Revue d'histoire de la Shoah*, n° 168, janvier-avril 2000. Ou le chapitre entier consacré à cet épisode par Jean-Louis Vigla dans son livre *Histoire d'un camp nazi. L'île d'Aurigny (Alderney)*, Éditions A. Sutton, 2002.

pendent, la sueur coule de nos orbites sur nos pommettes, hommes décharnés, plus morts que vivants.

L'alerte dure, dure des heures, ils ont bouché les ouvertures, refermé à moitié la porte d'entrée, nous n'avons même plus la force de creuser.

Après des heures et des heures à suffoquer, ils nous relâchent.

C'est la cohue pour sortir, on piétine ceux qui ont perdu connaissance, on n'en peut plus, on se grimpe dessus, de l'air, de l'air...

En titubant, pas fiers, en se traînant, on rentre au camp.

Ceux qui le peuvent encore se précipitent aux cuisines, faire la queue afin de recevoir sa ration de soupe, un domino de beurre, quelques grammes de fromage ou une cuillerée de confiture, et la demi-boule de pain si précieuse. Nous avons à peine le temps de manger. Un coup de sifflet nous ramène dans la cour.

On se met en rang, on attend.

Enfin, Evers, celui qu'on doit appeler « maître », arrive. Il se dandine d'une jambe sur l'autre, frappe sa botte droite par intermittence avec sa cravache. On doit écouter sa longue, son odieuse déclaration, on doit l'écouter, malheur à celui qui s'endort.

On a bien compris ce qu'il a voulu nous dire : en cas de victoire des Alliés, vous les Juifs, en serez réduits à mourir dans un tunnel, asphyxiés comme des punaises écrasées, comme un nid de fourmis, vos soldats découvriront un charnier, vous ne serez qu'un de ces multiples charniers que nous laisserons derrière nous.

Chacun regagne son baraquement et reprend ses corvées.

Le soir, à la baraque, avec Bloch, mon nouveau voisin de lit depuis que Sarfati est parti (il n'a pas survécu longtemps, le pauvre vieux), on a inventé un jeu de résistance : le rêve éveillé.

Je commence, les mains croisées derrière la tête.

— Je voudrais m'endormir longtemps et me réveiller quand il fera jour, vraiment jour, le camp sera calme.

Il poursuit, ses pieds bleus et suintants à hauteur de mon visage, nous dormons tête-bêche.

— Ceux qui sortiront des baraques les premiers s'apercevront que le poste de garde est vide, oui, tous les SS se seront enfuis, les Alliés seront là, descendus de leurs avions pour nous sauver, nous libérer.

— Il y aura ce gros bourdonnement qui monte au fur à mesure que les avions approchent, des centaines d'avions, peut-être des milliers, et des planeurs aussi.

— Les batteries anti-aériennes des Allemands se mettront à faire feu, en vain. Ce qu'ils appelleront « la bataille de Normandie » aura commencé. Nous serons libérés, nous serons fêtés à notre retour, chez nous, on pourra témoigner. Tu viendras chez moi, je te présenterai à ma famille.

— Je veux tenir jusqu'à ce jour-là, je veux le vivre avec le peu de forces qui me restent.

— Moi aussi, mon gars, on n'a qu'à s'en faire la promesse.

Réconforté, je ferme les yeux.

Le rêve depuis longtemps a pris les rênes de ma réalité, mais c'est un rêve mauvais, contre lequel la meilleure des protections est de savoir que c'est un rêve.

Je ne vis pas ce que je vis, ne t'inquiète pas, le vrai moi est resté dans son lit, bien au chaud. Mais ces odeurs qui me prennent à la gorge, la merde qui coule le long de mes cuisses, mes membres douloureux ? Oui, c'est un mauvais rêve à l'épaisseur de la réalité, mais un jour, je sais, je vais me réveiller. Je serai dans ma chambre du grand appartement clair de la place de l'Étoile, Yvonne déjà levée m'aura préparé une tasse de café bien fort, comme j'aime. Elle vient me l'apporter au lit, et par l'échancrure de son peignoir de soie rose, j'admire la naissance de sa gorge.

Le jour de la fin. L'attaque des Alliés. Printemps 1944[1].

Pour la première fois, le rêve a pris les couleurs de l'espoir !

---

[1]. Le 7 mai 1944, aussi soudain qu'imprévu, l'ordre est donné d'évacuer les Juifs du camp de Norderney. Ils sont ramenés en fond de cale à Cherbourg où les attend un train de wagons à bestiaux qui conduira les déportés après un long périple à Boulogne-sur-mer, Hardelot, Damnes-Camiers.

Un soir, le bourdonnement des avions se fait de plus en plus intense au-dessus de nos têtes, cela ressemble à des raids, au loin, sur la côte française. Est-ce seulement possible ?

Les autres tremblent aussi, notre baraque bouge, on dirait une feuille agitée par le vent...

Certains s'aplatissent sous leurs lits, la tête entre les mains. D'autres hésitent sur la conduite à tenir, plantés au milieu de la chambrée, immobiles cadavres debout, ils attendent avec anxiété. Quoi ? D'autres sont déjà à la fenêtre et regardent les lueurs dans le ciel avec un certain sang-froid.

Que se passe-t-il ?

— Cela doit être les Anglais, Churchill qui vient nous délivrer, marmonne un gars à mon côté.

— C'est un débarquement des Anglais[1], crie un autre.

Chacun se dit que c'est possible. Mais, en ce cas, nos minutes sont comptées ! Nous n'échapperons pas à la mitraille ! Pourtant, aucun de nous n'ose sortir, le kapo de la baraque, l'arme au pied, nous guette.

Il y a du bruit dehors. Les lumières sont allumées. Cela vient de l'infirmerie. Nous nous précipitons tous aux fenêtres. Le docteur Lewis a installé son matelas au milieu de la cour. Il dit qu'il veut dormir là, profiter de la nuit étoilée. Un des gardes le menace de son fusil, le docteur Lewis lui dit que c'est trop tard, qu'ils

---

1. En réalité, l'intervention de la Royal Air Force ne concerne que les côtes normandes.

ont perdu la guerre, ils n'ont plus qu'à se rendre. Il a l'air hors de lui, il se relève pour prendre le gamin à la gorge, le secoue. C'est quand même le docteur personnel d'Evers ! Aucun des gardes n'ose bouger.

Evers arrive. Il hurle au médecin de ranger son matelas, de foutre le camp et de retourner à l'infirmerie. Le docteur crânement s'est recouché, les mains derrière la tête, il dit qu'il veut profiter du spectacle, le spectacle de la fin, les bateaux allemands et toutes leurs saloperies de positions torpillées par les Anglais ! Evers se place face à lui et le menace de son pistolet. Il compte. Le docteur Lewis dit qu'il ne bougera pas, puis, relevé sur un coude, il demande aux gars postés derrière les fenêtres ce qu'ils en pensent. Il a à peine fini sa phrase qu'il tombe, une balle en pleine tête. Il est mort en héros. Mais il est mort et moi, j'ai encore envie de vivre, comment est-ce possible ?

Les événements s'accélèrent, on dirait les signes avant-coureurs d'un orage, mais d'un orage sinistre qui fait suer de peur avant d'éclater. Des sirènes au loin retentissent. Les avions continuent de défiler au-dessus de nos têtes, leurs moteurs vrombissent avec fracas, mettant les nerfs d'Evers à rude épreuve. Il vocifère au milieu de la cour, engueule ses gars. La sentinelle entre, fait sa ronde, je regagne mon lit, j'ai peur.

Dormir est devenu impossible, je me relève dès que le soldat est sorti.

Soudain, le supérieur hiérarchique d'Evers, un haut gradé devant lequel il se met au garde-à-vous, traverse la cour et vient lui parler. C'est la première fois qu'on le voit au camp. L'heure est grave. On ne dormira pas cette nuit.

Des soldats sont entrés comme des fous dans les baraques et nous ont balancé des ordres contradictoires : « Habillez-vous, ramassez vos affaires, défense de sortir, éteignez les lumières ! » Ils ont l'air paniqués, tant mieux ! Pour être la prise d'une telle angoisse, ils doivent savoir ce qui se trame, ça ne doit pas être très bon pour eux. C'est le message qu'on fait tous passer, d'un lit à l'autre, d'une baraque à une autre.

On attend l'aube, ainsi, habillés sur nos lits.

Le jour est à peine levé que tous les travailleurs, sans exception, ont été rassemblés dans la cour du camp. Pour partir au travail, croit-on.

Dociles, épuisés, en rang, nous formons une immense bande humaine qui s'étend sur la route de macadam dont elle suit les contours. Mais quand nous passons devant l'entrée de la carrière, personne ne nous fait signe de nous arrêter, le matériel semble abandonné.

Nous marchons, marchons, sans savoir où nous allons, nous en avons perdu en route, comme chaque fois : ils s'affaissent sur le bas-côté, un kapo se précipite sur eux, les cogne, les achève.

Au sortir d'un virage, nous avons découvert à l'horizon, sur notre droite, un petit port. En plissant les yeux j'aperçois quelques cargos silencieux qui se balancent à l'ancre. Le soleil est doux, pâle.

Nous traversons la seule ville de l'île, avec ses rues étroites et sinueuses, ses maisons de pierre trapues et désertes, son église. Il n'y a personne, personne, pas âme qui vive. À peine avons-nous passé les dernières maisons que nous avons pénétré dans un autre monde. La campagne soudain s'est couverte de légumes, d'herbes verdoyantes, d'épis abondants qui promettent une riche récolte, je vois même une vache. C'est comme un petit paradis terrestre au centre duquel se dressent les bâtiments d'une ferme, la seule ferme de l'île, paraît-il.

On se pousse du coude, on n'en croit pas nos yeux. Et s'ils nous arrêtaient là, faire une pause ? En nous voyant, un gars bourru, le fermier certainement, rentre précipitamment chez lui et rappelle ses deux petits garçons qui jouaient au fond du jardin.

Le bruit de la mer se rapproche et nous révèle que nous sommes parvenus à l'autre extrémité de l'île. Nous avons marché des heures, nous avons parcouru toute la surface de l'île, pas grande certes, mais quand même. On va s'arrêter alors ? Non. Evers est arrivé à cheval. Il hurle, vocifère, même son cheval se cabre. Les ordres sont clairs : il faut former deux équipes, l'une creusera des tranchées, l'autre transportera des barbelés à fixer solidement au sol.

Je me suis retrouvé une pelle dans les mains. *Vas-y, Georges, ne craque pas, c'est bientôt la fin.* Au large sur l'horizon bleu de la mer, j'ai cru voir trois navires de guerre passer, je me dis ça y est, ils arrivent, ils arrivent !

De retour au camp, Bloch s'est fait embaucher aux cuisines pour le repas du soir. Merveilleux Bloch. Par ruse, il a réussi à capter les dernières nouvelles de la radio sur le débarquement. Oui, les Alliés ont envahi le Cotentin, ils encerclent Caen, Cherbourg a bien été bombardé.

Le soir, on nous a donné l'ordre de dormir tout habillés.

Au milieu de la nuit, ils viennent nous tirer du lit, cette fois-ci l'ordre d'évacuation est donné. On doit faire nos bagages et restituer tout ce qui était propriété du camp : couvertures, ustensiles... On doit attendre. Nos gardes désignent des otages par chambrée, ils seront exécutés en cas d'évasion de l'un d'entre nous, ou en cas de révolte. Evers en personne est passé dans chaque baraque, il est en ébullition, il crie ses ordres, ou plutôt il les aboie, on dirait un chien enragé. Il a tiré plusieurs fois en l'air avec son pistolet, on sait de quoi il est capable, personne n'a envie de lui résister. Et puis quitter cette île du diable, c'est déjà inespéré.

Ils nous emmènent au port en catastrophe et nous font monter à bord des bateaux à coups de bottes dans la figure. C'est la débâcle. Il faut quitter l'île au plus vite.

Nous formons un convoi de bateaux de toutes sortes. Les Allemands ont pris ceux qu'ils ont trouvé dans le port de prêts à naviguer et nous ont entassés. Nous avons été repérés par des avions anglais. C'est la Royal Air Force ! Mon cœur se soulève de joie. Quand, soudain, ils nous bombardent ! La plupart des bateaux autour de moi coulent. Je ne peux m'empêcher d'exulter. Je suis alors projeté par-dessus bord, et je me retrouve à la mer. Heureusement, des Allemands sur un des bateaux de pêche qui escortent le convoi, m'ont repêché.

Les pertes ont été importantes.

Je ne reverrai plus Bloch.

Je n'en reviens pas d'être toujours là.

Une fois sur terre, nous avons repris la marche, une marche sans fin, une marche vers où ? Il n'en reste plus beaucoup d'entre nous. Mais c'est déjà ça, restons ensemble, marchons, marchons. J'aperçois les remparts de Saint-Malo. Je me souviens de Saint-Malo, de son bel hôtel où j'étais descendu avec Yvonne. C'était le temps d'une autre vie, je ne suis pas sûr qu'il ait existé, je marche, je marche, direction la gare.

On nous a fait embarquer dans un train. Un train pour où ? Mais pour l'Allemagne, bien sûr. Je m'échapperai de ce train, je me le suis promis. Chaque jour, cela devient de plus en plus envisageable, les Allemands sont dépassés.

Le train s'avance, s'arrête, part dans une direction, puis dans une autre.

Les premières évasions du train ont lieu à Rennes, quand le convoi s'est immobilisé sur une voie de garage pour la nuit. Je suis tenté de m'enfuir moi aussi, mais les nazis sont sur les dents, ils tirent, ils n'arrivent pas à rattraper les fuyards et se vengent sur nous. On nous a supprimé le déjeuner. Moi, j'attends mon heure. Deux des gars évadés se sont fait choper et ont été tués sur le coup. Il faut bien calculer.

Le train est reparti le lendemain. Je vois des noms de gare défiler, Redon, Savenay, je n'y comprends rien : on file vers Nantes pour aller en Allemagne ? Angers, Tours. On va vers Paris ? Changement de direction, on remonte vers le Nord, Amiens, Lille. L'heure approche, il faut que je me tire, comment vais-je faire ? Ils veulent rentrer en Allemagne via la Belgique. Rejoindre l'Allemagne, c'est la mort, je dois les quitter avant. Je rassemble mes dernières forces, j'attends le bon moment.

À Camiers, deux minutes d'arrêt. Les premières bombes ont commencé à tomber. Panique générale. Dans la cohue, je réussis à ouvrir la porte coulissante du wagon. Victoire ! Avec la complicité d'un cheminot, dans la foule, j'ai disparu. La gare est en feu. L'armée alliée reprend possession de la ville, je vois les premiers drapeaux français flotter aux fenêtres. Je cours, ou plutôt j'essaie, je tombe, je me relève, je fuis vers ma liberté...

Parvenu dans la campagne, mon obsession est de quitter mes habits de prisonnier juif. La chance est de mon côté pour cette fois, je suis tombé sur une femme qui m'a pris en pitié. Je l'ai suivie dans sa ferme, elle m'a mené vers le placard à vêtements de son mari, juste décédé. J'ai pris un pantalon, une chemise, des chaussures. Je n'en reviens pas. Après ces années de cauchemar le mort-vivant se tire des griffes de ses ennemis. Elle m'a aussi offert à manger.

Deux jours déjà qu'elle m'héberge. Mais je ne veux pas rester chez elle. Nous ne sommes plus du même monde. Elle sort d'une autre réalité, nous n'avons pas connu la même guerre, je ne peux rien lui raconter, elle ne me croirait pas. Elle m'a conseillé d'aller voir une antenne de la Croix-Rouge, je sens bien qu'elle a peur de moi, peur que je lui refile une maladie. J'ai l'habitude. Je vais devoir partir. Et la vérité c'est que cela me soulage. Mais pour aller où ? Je voudrais d'abord dormir, dormir et qu'on ne me pose pas de questions.

Yvonne Goldman (née Larcher)

8 juin - août 1944. D'Aurigny à la Normandie, vers le nord.

Cela faisait un moment qu'Evers n'était plus venu me voir et le ciel au-dessus de nos têtes s'embrasait. Les avions le sillonnaient, on a même entendu les sirènes d'en face sur les côtes françaises se déclencher.

— C'est le moment de partir ! La kapo a été changée d'affectation, plus personne ne s'occupe de nous. C'est un piège à rats, cette île, ils vont nous bombarder comme des Allemands, profitons-en, partons !

Je me retourne vers Victoire qui joue aux cartes avec les trois autres filles dans leurs déshabillés sales. Son début de grossesse lui a donné des seins, du ventre, qu'elle ne sait pas comment cacher, mais qui ne la font pas pour autant ressembler à une vraie femme. Son visage, chacun de ses gestes luttent pour s'animer encore un peu. De guerre lasse. L'expression semble avoir été inventée pour elle.

Il y a là aussi les pauvres Juives qui se tiennent dans un coin de la pièce, raidies dans leur manteau qu'elles n'ont pas osé retirer. Aucune ne bouge. Elles semblent dormir debout, assommées. Laquelle d'entre elles a quelqu'un à rejoindre ? Partir, mais pour aller où, doivent-elles se demander. Elles paraissent n'être plus de nulle part.

— Viens avec moi, toi, Victoire, partons, j'ai repéré un bateau de pêche avec un moteur hors-bord sur le port – j'ai déjà siphonné l'essence d'un camion allemand en prévision. Nous rejoindrons la France. C'est maintenant ou jamais, il faut profiter de ce brouillard épais sur la Manche, du calme plat, ça ne va pas durer.

— Ton cœur est à Paris, Yvonne, mais le mien est à Jersey, je dois d'abord y retourner.

Elle a chuchoté dans le creux de mon oreille, à bout de souffle.

J'ai cherché les bons arguments, mais je n'ai pas de temps à perdre. À la vérité, je ne sais pas si mon cœur est à Paris, je n'ai aucune idée de ce qu'est devenu mon mari, vit-il toujours, une petite voix me souffle que oui et que je dois me tirer d'ici, laisser ce cauchemar des îles derrière moi. Dans ces moments-là, il vaut mieux que chacun décide de ce qu'il y a de mieux pour lui, je n'ai pas insisté auprès de Victoire.

J'ai toujours cru en ma bonne étoile, et je suis partie, seule, je les ai quittées, sans me retourner, sans penser à autre chose qu'au désir puissant, tenace, de retrouver un jour mon mari.

J'ai volé un vélo pour rejoindre le port, puis j'ai pris une barque, j'ai d'abord ramé un long moment, pour ne pas faire de bruit, et j'ai démarré le moteur.

Hélas, au bout de six heures, le moteur est tombé en panne, en pleine mer. C'est ce qui pouvait m'arriver de pire, mais j'ai repris les rames, sans m'effrayer. Je suis née sous une bonne étoile, je suis née un 8 juin, c'est aujourd'hui mon anniversaire. Je me le répétais comme un mantra, et ça a marché.

Un destroyer de la Royale Navy m'a repérée et m'a recueillie. Il y avait à son bord un groupe de combattants français. Les gars fonçaient sur Bayeux. Je n'avais pas d'autre choix que de les suivre.

On a participé à la libération de la ville, c'était atroce et excitant, je leur étais utile, j'ai même mis sur pied une infirmerie pour eux.

Après, ils remontaient par la côte vers le Nord chasser les nazis, reprendre Dunkerque. J'ai dit : « Je dois aller à Paris retrouver mon mari. » Ils m'ont traitée de folle. Je les ai lâchés à Camiers. Ça grouillait encore d'Allemands, mais les résistants avaient les armes à la main, et des renforts canadiens arrivaient chaque jour. La ville venait de subir toute une série de bombardements, la gare, plusieurs maisons, gisaient, détruites. La Croix-Rouge, débordée, cherchait des volontaires, je me suis engagée.

J'ai revêtu le costume blanc à pattes croisées dans le dos, le petit bonnet de leurs infirmières et je suis restée tout l'été sur le camp de la Croix-Rouge à panser les plaies de jeunes soldats en pleurs, âgés d'à peine vingt ans pour la plupart, et dont c'était le premier combat.

À les serrer dans mes bras, à les soigner, les sauver parfois, à répéter ce que j'avais appris auprès du docteur Lewis. Les mêmes gestes qu'à Bayeux infiniment répétés, le même sens : participer à la libération d'une ville. Je ne me demandais même plus comment je pouvais supporter l'odeur douceâtre, écœurante et la vue de tout ce sang.

Nous recevions surtout des blessés militaires, majoritairement des jeunes Canadiens, des Anglais, et quelques Américains. Je n'avais aucune raison d'espérer trouver mon Georges parmi eux. Au fond de moi, pourtant, une voix me disait que je me situais sur la route côtière qui remonte d'Aurigny vers Paris, qu'on ne sait jamais... Et puis, à d'autres moments, plus lucide, cela me paraissait impossible.

J'avais essayé de me renseigner, mais personne autour de moi n'avait l'air de connaître l'existence même d'une île nommée Aurigny ou Alderney. Et le docteur en chef, en charge de notre camp, un homme chauve avec une moustache tombante, qui s'essuyait le front d'un air accablé à toutes les fins de phrases, m'avait répondu sèchement que les dommages civils relevaient moins de nos responsabilités.

Et puis, un jour...

Je travaillais à l'accueil des blessés, lorsqu'ils ont amené sur une civière un homme d'un certain âge, malade, épuisé, couvert de boutons, que des infirmiers stagiaires canadiens avaient récupéré, un homme qui dormait dans un taudis près de la gare. Je me souviens même m'être dit, tandis que je remplissais à toute allure sa fiche d'inscription, à quoi bon, place aux jeunes, place à ceux qui ont une chance de s'en sortir.

Je ne l'ai pas reconnu tout de suite.

C'est en me penchant sur lui, pour lui donner les premiers soins, que j'ai reconnu l'éclat doux qui vibrait au fond de ses yeux, que j'ai reconnu la peau de l'intérieur de sa main quand il m'a entouré le poignet.

Mon Dieu, Georges, que t'ont-ils fait ?

D'une voix étouffée, il répète : « J'en peux plus... Yvonne. » Il ne peut rien dire d'autre. Il répète en boucle : « Yvonne, Yvonne... »

Je porte le masque réglementaire. Je le baisse pour l'embrasser. Sentir sa joue creuse, flasque, contre la mienne, l'étreindre doucement contre ma poitrine avec la peur de le casser.

Les larmes jaillissent de mes yeux.

Bientôt nous serons chez nous, je te le promets.

Je sens son souffle fétide d'homme fiévreux contre ma peau et je réalise soudain la chance qui m'est donnée de le tenir dans mes bras. Ma guerre à moi est terminée.

4 septembre 1944.

L'aviation canadienne a mis un point final à l'occupation de Camiers par les Allemands, et Georges a récupéré un peu de forces. Je décide que nous rentrons sur Paris.

DIANE FITZGERALD

Le 8 septembre 1944. Manoir de Noirmont, Saint-Aubin, Jersey[1].

— Ne t'inquiète pas, Frederick, iii-ci, c'est une iii-île, et fff-fortifiée par vos soins, vous y êtes à à à cent contre un, et, tu-tu veux que je te dise, ils n'en ont rien à fff-foutre de nous ! Allez, viens te re-coucher, va, ri-rien ne changera avant longtemps, ils-ils ne vont pas te l'enlever ton peeeeueutit royaume...

Dans mon ivresse, j'ai du mal à articuler, mais je vois les choses très lucidement.

Je parle à un dos d'homme nu qui tire désespérément sur une de ses dernières cigarettes. Il n'a pas réussi à bander, il s'en veut, il s'est encore laissé aller à une orgie de cognac avec mon beau-père. J'ai bu autant qu'eux. L'alcool m'aide à m'alléger, à trouver

---

1. Les îles anglo-normandes ne seront libérées qu'un an après le débarquement sur les côtes françaises de Normandie, le 9 mai 1945.

les mots, les gestes, je suis comme une comédienne qui aurait besoin de sa dose avant d'entrer en scène. Je ne pourrais pas jouer sinon. Jouer la poupée qui dit oui. Qui se farde pour lui, met des bas noirs et du rouge sur ses lèvres, qui dort avec lui chaque nuit parce qu'il en a fait la demande à son mari... On est tombé bien bas... L'alcool m'aide à me séparer de ce corps-là, sinon, comment je pourrais continuer à lui ouvrir mes cuisses, à lui donner mon cul, et à ne rêver que d'une chose, du jour où mes compatriotes, les Anglais, vont venir nous libérer. Et le tuer.

Chaque nuit, je rêve que je le tue. Il aime me sentir sur lui et que je lui serre la gorge tandis qu'il me besogne, ça l'aide à venir. Dans mon rêve, j'enfonce, j'appuie de toutes mes forces, je lui fais avaler sa pomme d'Adam, et je l'étouffe, je l'achève avec mon oreiller, l'affreux Colonel.

Depuis cet été, je ne dors plus. J'ai regardé au large, toutes les nuits, mon cœur vibrait au bruit du canon, c'était fort, très fort, les navires anglais bombardaient les côtes françaises.

Frederick s'est finalement endormi, et je viens me poster face à la fenêtre, face au trou obscur de la mer. Je fixe l'horizon noir, j'attends le feu. Comment expliquer qu'ils ne viennent toujours pas chez nous ?

Le petit peuple des îles est coupé du monde, l'histoire s'est arrêtée, le soleil s'est figé. Au pire, nous serons le trophée de Hitler. Qui sait s'il ne va pas venir se réfugier ici, en pleine Europe, au cœur de ses fortifications ?

J'ai su par la radio hier que les troupes de Montgomery ont pris les villes de Caen et Falaise, en face de nous en Normandie, et que des Américains ont même atteint la vallée de la Loire. Paris a été libéré. Et pourtant, ici, rien, aucun signe. Nous sommes toujours le petit peuple à la joue écrasée contre le sol par la botte allemande. Selon le Bailli, il va se passer encore beaucoup de temps avant que quiconque ne s'intéresse à nous.

Mais le Bailli est de leur côté, la vérité est qu'ils ont peur. Frederick, pas plus tard qu'hier, a fait avertir la population de l'île que tout acte d'agression ou de sabotage contre la force occupante serait puni de peine de mort. Ils ont hissé les drapeaux de la Croix-Rouge sur l'hôpital de Jersey au cas où il y aurait beaucoup de blessés de guerre du côté allemand. Ils font dans leur froc, comme dit mon mari. Oui, mais nous aussi ! Que va-t-il advenir de nous ? De quel côté nous sommes-nous laissés entraîner ?

La famine sera bientôt dans les rues. Je le vois bien, même pour nous le rationnement a commencé. Le Bailli a demandé au Colonel de donner à la Croix-Rouge un mémorandum avec la liste des fournitures et des vivres qui vont nous manquer d'ici la fin de l'année. Frederick a accepté de le transmettre. C'est dans son intérêt ; pourtant, je ne lui fais pas confiance. Je crois qu'il aimerait nous entraîner tous dans sa chute, c'est un salaud.

Le vendredi 29 septembre 1944. Jersey.

Un jour, en proie à mes idées noires, j'ai décidé d'aller faire les cent pas sur la plage de St Catherine's Bay avec Flipper, le fox-terrier de mon mari. J'ai choisi cette plage de l'île parce qu'elle est romantique avec sa baie escarpée, les collines boisées qui la surplombent, et qu'elle est la plus proche des côtes françaises. Par temps clair, on peut deviner la France en face.

Je m'amusais à faire courir Flipper quand je les ai aperçus. Deux tout jeunes garçons qui auraient l'âge d'être mes fils, en train de pousser une barque, le plus jeune des deux au moment d'embarquer est tombé à l'eau, tandis que l'autre s'évertuait en vain à faire démarrer le moteur. Je les ai hélés, en leur faisant comprendre de faire moins de bruit, je sais qu'il y a des gardes allemands planqués un peu partout près des plages. Puis j'ai enlevé mon manteau et j'ai fait signe au plus jeune de le prendre pour lui.

Robert et Simon, c'étaient leur nom, ont eu raison de me faire confiance. Loin de les dissuader de partir, je les ai aidés. J'ai fait le point avec eux sur leurs provisions – ils partaient avec rien, je leur ai dit qu'ils s'exposaient à mourir de faim si jamais leur moteur tombait en panne et surtout qu'ils devaient embarquer plus d'eau, qu'aucun navigateur au monde ne boit de l'eau de mer quand il a soif ! Finalement, j'ai convaincu mes deux Robinsons de m'attendre cette nuit au même endroit. Je leur ai promis de revenir avec des couvertures, de l'eau et de la nourriture. Ils m'ont regardée, étonnés. Je leur ai dit de ne pas me poser de questions, mais que je serais la bonne personne pour les aider.

Je suis revenue à la nuit, comme prévu. Au manoir, personne ne s'est rendu compte de mon absence, et j'ai même pu emprunter la voiture. Je les ai tous laissés saouls, remplis d'alcool comme les barriques de cognac de mon beau-père, moi j'avais fait semblant de boire et d'être gaie toute la soirée.

À l'endroit de la barque où je les ai retrouvés, chargée de toutes les provisions promises, plus des boissons chaudes, il y avait deux gamins supplémentaires, Neil et Nathan. Eux aussi voulaient partir, ils étaient jeunes, ils étaient beaux, ils avaient grandi avec l'occupation, et maintenant qu'une fenêtre s'ouvrait en face, ils ne rêvaient que de s'envoler.

Je me sens comme une Maman mouette qui apprend à voler à ses petits, elle-même sait qu'elle n'ira plus très loin, mais elle prépare ses oisillons pour le grand voyage et vole à travers eux.

Depuis, chaque nuit, je vais à la plage, ni vue ni connue, je trouve toujours un prétexte à mes escapades, ainsi j'aide à ma façon les candidats au voyage.

J'ai même eu l'idée de confier une lettre à un de ces petits, un certain Joe Ramball qui, lui, se prépare à rejoindre les forces armées anglaises, pour qu'il remette au Home Office de Londres la liste de toutes les denrées de première nécessité dont nous allons bientôt manquer sur l'île. Il est débrouillard comme pas deux, et j'ai confiance en lui. Il m'a assuré qu'il ferait tout pour bien accomplir sa mission.

Car je ne me suis pas trompée, on ne peut pas faire confiance au Colonel. On n'a eu aucune nouvelle de la Croix-Rouge depuis que mon beau-père lui a demandé ce service. Mais j'ai fait comme tout le monde, quand le bateau de la Croix-Rouge anglaise est enfin arrivé chargé de provisions, trois jours seulement après le départ du petit Joe, j'ai remercié le « Kommandant, notre Sauveur », même s'il a dû être le premier surpris. Et je l'ai accompagné sur la place du village pour annoncer la bonne nouvelle aux habitants de Saint-Hélier et des paroisses avoisinantes.

J'ai eu bêtement le besoin d'être remerciée. À m'afficher ainsi avec le Colonel, je suis passée pour ce que je suis à temps partiel, une *jerry-bag*, une pute à boches.

Un soir, alors que je revenais de la plage un peu plus tard que d'habitude, parce qu'il y avait eu trois bateaux à faire partir, et que le dernier avait failli se faire surprendre par une sentinelle allemande qui rôdait dans les parages et qu'il a fallu que j'aille distraire, alors que j'approchais de la porte d'entrée du manoir, ma lampe tempête a accroché le visage de Paul Landry dans sa lumière, le fils des patrons du pub.

— Mais Paul, que fais-tu ?

J'ai à peine prononcé ses mots qu'il détale comme un lapin dans la nuit.

Sur ma porte, il a gravé une énorme croix gammée. Je sais ce que cela veut dire. J'ai tenté de l'effacer avant que les autres ne s'en aperçoivent, car son auteur est passible de la peine de mort, et parce qu'il se trompe, je ne suis pas une vendue, je ne suis pas son ennemie. Mais je n'ai rien pu faire, il l'a gravée au couteau profondément dans la porte.

Le lendemain, au petit déjeuner, le Bailli est furieux, il dit que s'il attrape le salaud qui a fait ça, il lui réglera son compte. J'ai fait mon étonnée, ma scandalisée même. Après tout ce que vous faites pour eux, vos administrés sont vraiment des ingrats !

L'après-midi même, je suis allée voir Raymond Landry qui tient seul maintenant leur pub sur la grand-place. Je lui ai demandé où je pouvais voir son fils, je lui ai fait comprendre qu'il y avait urgence s'il ne voulait pas voir le corps de son gamin pendu à un des becs de gaz de la rue principale.

J'ai débarqué au QG de sa cellule communiste. Paul, en me voyant, est devenu plus blanc qu'un verre de lait et dans le même temps il a compris que si j'étais là, c'est parce que je n'avais rien dit aux autres.

— Paul, tu sais qui je suis, mais tu te trompes sur mon compte, dis-moi comment je peux vous aider.

C'est ainsi que ça a commencé. Je ne m'attendais vraiment pas aux révélations qu'il m'a faites.

— Dans les rangs de l'armée allemande, cela va beaucoup plus mal que tu ne peux l'imaginer. En réalité, ils sont des centaines d'hommes à vouloir sortir de cette guerre. Les rations, la monotonie, la vision de leur défaite ont étendu le désespoir dans les garnisons. Une mutinerie a été planifiée pour renverser le Colonel, même si on n'en est encore qu'à l'état de conversations secrètes entre soldats et personnes du civil qui pourraient les aider. Avec mes communistes de Jersey, on est de ceux-là. J'ai reçu la visite, il y a quelques mois, du bras droit du Colonel...

— Quoi ? Le sous-commandant von Matten ?

— Oui, celui-là même. C'est lui qui, graduellement, développe les détails de la conspiration.

C'est ainsi que j'ai été désignée pour assurer la liaison avec ce soldat, Heinrich von Matten, que j'étais jusqu'alors capable d'oublier de saluer en entrant dans une pièce, tant je l'avais trouvé transparent.

Nous avons appris à nous apprécier depuis, sur le dos du Colonel.

Nous avons pour habitude de nous rencontrer dans un endroit tenu par un ami communiste, dont nous savons qu'il est sûr. C'est la librairie La Parade. J'y échange des romans de langue anglaise avec Heinrich tous les trois jours. Dans une des pages du livre, il glisse le manuscrit du tract à tirer, à dupliquer sur la machine du sous-sol de la boutique, et je lui redonne le paquet dans les trois jours suivants, de la même façon, au même endroit.

Mais cela fait plusieurs jours qu'il a disparu. Je n'ai pas osé m'en enquérir auprès du Colonel, mais, visiblement, il ne dort plus au manoir, et je n'ai aucune idée d'où il peut se trouver. Je tremble qu'il ait été arrêté, pourtant, si tel était le cas, Paul m'aurait prévenue.

Paul me l'a appris plus tard, notre homme s'est découragé. Ils lui ont filé des habits en civil et il a tenté sa chance lui aussi à bord d'une barque de fortune. C'est terrible, c'est un sacré espoir qui s'est envolé.

Le pire, c'est la misère qui continue de nous guetter tous autant que nous sommes. Allemands, collabos ou résistants, nous sommes tous logés à la même enseigne. J'ai entendu dire qu'il fallait faire très attention à nos chats et nos chiens, les rôdeurs les volent pour les manger. Le Colonel m'a raconté qu'il a mis au trou un de ses hommes quand il a trouvé une photo de lui avec à la main la tête du chat qu'il venait de décapiter pour le manger.

Mon Colonel est un homme qui a des principes ! De la même façon qu'il est capable de pendre à un bec de gaz un petit Jersiais qui a désobéi, il ne tolère pas qu'on tue le chat d'une vieille dame parce qu'on est affamé…

Captain Richardson

Samedi 11 novembre 1944. Phare de Jersey.

Aujourd'hui, c'est la fête de l'Armistice de la Première Guerre.

Le 11 novembre 1918, j'avais vingt-quatre ans, j'étais fier de mon pays. Comme c'est exaltant, ce sentiment d'appartenir à quelque chose de plus grand que soi, qui nous dépasse ! La Royal Navy m'a fait homme, m'a fait commandant. Ah ! Ces chants entonnés ensemble, ce sentiment de communion ! Mais qu'est-ce qu'on cherche au fond, sinon à ne pas crever seul comme un chien ?

Oui, Mousse est mort, mon chien fidèle, mon seul ami, je l'ai tué, à coups de savate, je n'en pouvais plus de sa crasse, de son ingratitude. Et puis je n'avais plus de quoi le nourrir, et même je l'ai mangé. Voilà ce dont est capable un homme abandonné, mis au ban, sacrifié. J'ai entendu leurs canons, leurs tirs, leurs obus tout l'été et rien pour nous, pas un qui vienne nous sauver, moi qui leur ai toujours rendu service, qui ai aimé mon pays avec dévouement, qui ai perdu un fils. Comment peuvent-ils nous laisser pourrir dans cet enfer ?

Même les soldats allemands errent le teint gris, marqués par la faim et le désespoir, ils sont si maigres dans leurs uniformes qu'ils pendent sur eux comme sur des épouvantails. Ah ah ! Je vais pas les plaindre, quand même, et je suis bien content d'être enfin débarrassé de la grande asperge dont j'étais flanqué... Et puis ils n'ont qu'à partir, se rebeller ! Ces idiots qui ont suivi un fou, voilà où ça les mène, dans une impasse, un cul-de-sac fortifié, tellement fortifié qu'ils ne veulent pas se résoudre à l'abandonner. Mais cela changera quoi ?

C'est douloureux, la faim, quand on a vraiment faim. Hier, j'ai mangé un bout de ma chaussure. De la croûte de cuir brut. Et je me sens coupable parce que c'était la nourriture prévue pour demain... Demain, mais où je serai, demain ?

Heureusement qu'il en reste un à qui parler et c'est moi. Je m'écoute très bien. Je m'entends.

Je suis descendu au pied du phare, histoire de ramasser quelques coques dans le sable, ce serait déjà ça à se mettre sous la dent. Eh bien rien, pas une, je n'ai plus qu'à remonter mes cent marches le ventre vide, frigorifié. Même la mer m'abandonne.

Cent marches me séparent de toi. Plus rien ne me retient de ce côté. Cela fait longtemps que ma flamme est éteinte et c'est vrai, ils n'ont même pas eu besoin de moi pour faire leur débarquement, ma flamme est éteinte, mon phare est mort, inutile. Je monte une dernière fois, une dernière fois, la vue de là-haut est tellement belle. Oh ! J'aurais tant voulu que tu voies ça, j'aurais tant voulu que ma vie ne soit pas celle-là ! Non... ce n'est pas ça, c'est affreux de se dire ça, mais cette cage d'escalier qui tourne, qui tourne, si étroite et qui monte si abrupt, je n'ai plus mes jambes de jeune homme, je n'ai plus le même souffle, mais je tiens bon, je progresse, je m'arrête pour respirer.

Mon front en sueur contre le mur glacial. Le vent est effrayant, il fait un vent effrayant. Tant mieux, j'aurai moins de mal à voler. J'entends des drôles de sons, des voix qui m'appellent. Sorcières, je vous quitte, vous ne me retiendrez pas cette fois-ci. Sorcières, vous m'avez trop pris, je ne souffre même plus, tout cela m'enchante, j'entends chanter, c'est le vent dans ma tête qui hurle, bientôt j'y serai. J'ai déjà grimpé plus de la moitié, et dire que j'ai pu le faire si facilement autrefois, un jeu d'enfant, mon phare de haut en bas !

Chaque marche me rapproche de la fin et m'éloigne de la faim, ah, ah ! Je serai léger comme une mouette, j'entends leurs cris qui m'appellent, j'aurais voulu entendre le son puissant, fortifiant, de la corne de brume une dernière fois, tant pis, je l'emporte avec moi. Je vais rejoindre les fous de Bassan, et les vilains corbeaux, eux ne me laisseront pas seul, après m'avoir torturé des nuits entières à ne pas pouvoir dormir à cause de leurs rires, maintenant je vais intégrer une de leurs colonies. Encore quelques marches, encore vingt-sept marches, avant ma délivrance... Mon Dieu, ce point qui m'arrache la côte, je n'ai plus d'air, vivement que le large s'offre à moi, l'infini de l'horizon, du vol plané, je veux voler libre, libre, comme je ne l'ai jamais été... Cette vie sur terre passée confinée dans des mondes clos, un bateau, un foyer étroit, un phare... Là, c'est l'immensité, l'éternité qui s'offre à moi... Un coup de corne de brume pour me donner du courage... Allez, j'ouvre contre le vent la porte rouillée à deux battants qui me permet d'entrer sur la plate-forme. Après moi le déluge, ah, ah, ils débarqueront étonnés, appelant le gardien du phare en vain, fouilleront dans mes affaires abandonnées, mon ancien lit, le terrier de Mousse. J'ai trop vécu à les attendre dans ma chambre de craie, trop tard, je me penche par-dessus la balustrade qui entoure le haut de mon phare... Ah ! Lumière étendue sur la terre, fous de Bassan, mes amis, je chausse mes ailes, je les étends, les agite, me voilà, et hop...

Victoire Le Gallais

Décembre 1944. Jersey.

Le départ d'Yvonne m'a précipitée dans le vide et m'a tirée de ma léthargie. Je m'en suis voulu de l'avoir laissée partir.

Comment allais-je me passer de son soutien ? Et elle, qu'allait-elle devenir ? La reverrais-je un jour ? Non, sans doute jamais, je venais de perdre la seule personne pour qui je comptais, la seule qui m'avait donné du réconfort.

Le lendemain, je me suis enfuie à pied de la Maison, n'emportant avec moi que le strict nécessaire, et j'ai sauté dans un bateau, déterminée à rejoindre mon île, Jersey.

J'ai accosté dans une petite crique à l'abri du vent, au pied des falaises de Rozel Bay. Plutôt que mon cœur, j'avais décidé de suivre mon devoir et de revoir ma mère. Son état n'avait pas dû s'améliorer. J'espérais juste qu'elle me reconnaîtrait.

En chemin, j'ai croisé beaucoup de soldats allemands, mais aucun ne s'est intéressé à moi. Je n'en revenais pas de circuler si librement dans mon pays dévasté.

Tout, ici, était faim, pauvreté, désespoir et chaos. Jersey, en cet horrible hiver 1944, était une terre de désolation, une terre maudite, une terre oubliée. Une terre, hélas, que je ne pouvais quitter pour rien au monde, parce qu'elle était mon seul lien terrestre. Elle était ma place, à moi assignée.

L'occupant d'hier n'avait plus fière allure. Je voyais plusieurs soldats faire les poubelles, y chercher de la nourriture, penchés au-dessus des réceptacles comme des mendiants, eux que j'avais connus jadis si orgueilleux, si pleins de vie, eux que j'avais tant redoutés.

Parvenue en haut de la rue des Platons, des enfants en loques m'ont encerclée, en me demandant du pain. Pauvres orphelins, leur père massacré, leur mère tuée, eux, en avaient réchappé, ils ne savaient pas comment, ils ne le sauraient jamais. Ils tendaient leurs mains vers moi, à l'aveugle. Je me sentais comme eux, aussi démunie.

Bouleversée, j'ai frappé à la porte du couvent.

Les deux sœurs m'ont accueillie dans leur foyer comme si elles m'attendaient depuis toujours.

J'ai vite appris qu'elles avaient beaucoup souffert également. Qu'elles avaient pris des risques, en aidant, comme elles le pouvaient, Paul, et ses amis engagés dans la Résistance.

Suzanne, tout en me préparant un lait de poule, m'a raconté les détails de l'histoire. Il y avait une telle familiarité entre nous, alors que nous nous connaissions à peine, j'avais le sentiment de l'avoir quittée hier. Elle parlait vite, on aurait dit que les mots se bousculaient vers la sortie, qu'elle s'était tue trop longtemps.

— ... Il se trouve que le cimetière utilisé par les Allemands durant la guerre se trouve dans le jardin du couvent. Aussi, à chaque cérémonie de funérailles, on mettait un point d'honneur à distribuer, auprès des soldats de la Wehrmacht, des tracts en allemand, rédigé par Augustine – dont c'est la deuxième langue – et qui appelaient à la désobéissance.

Augustine hocha de la tête en silence et prit la parole :

— On signait *Le soldat sans nom*. Hélas, la Gestapo a vite trouvé qui se cachait derrière ce nom fantasque.

— Ils nous ont condamnées à mort ! me dit Suzanne, qui en frissonnait encore.

J'aimais son côté enfantin qui réduisait la guerre à presque rien, un jeu. Suzanne, malgré les épreuves, avait gardé le souvenir de ses rondeurs et son semblant de jovialité, comme si les événements avaient glissé sur son enveloppe. Dans leur drôle de couple, elle semblait avoir en charge la légèreté. Pourtant, ces temps-ci, cela me paraissait un rôle écrasant.

— On a été sauvées grâce à la déroute des armées allemandes et la libération de la France, rectifia Augustine.

Ses cheveux gris ramenés en un minuscule chignon dans la nuque, son visage long et sévère offraient un contraste saisissant avec Suzanne. L'heure aurait été moins grave, Suzanne et Augustine m'auraient fait penser à la version féminine de Laurel et Hardy.

— Mais notre belle ferme a été pillée, saccagée, et nous n'avons plus le cœur d'y retourner.

— J'ai quand même réussi à sauver plusieurs enfants juifs. Ce sont eux que tu as croisés. Ah, que c'est terrible, ma petite, tu as encore maigri !

Augustine s'est levée vers moi et m'a serrée contre elle, contre son torse décharné.

J'offrais à ces yeux l'image d'une jeune femme maigre et souffrante et elle ne pouvait pas le supporter. J'agissais comme un effet miroir et elle voulait s'oublier. Elle aurait voulu ne rien m'avouer des tortures qu'elle-même avait subies, mais son corps sans fin, voûté, dans sa robe noire qui la faisait plus ressembler à un moine qu'à une sœur, parlait pour elle. Elle s'appuyait désormais sur une canne.

— Et les Steiner ? Aucun d'eux n'est revenu, n'est-ce pas ?

Ma voix tremblait, j'aurais voulu cacher mon émotion, mais on ne se débarrasse pas comme ça de ses lubies de jeunesse. C'était le devenir d'Emil-John qui m'importait, bien sûr, même après tant d'années, je ne l'avais pas oublié.

— Non, aucun. Emil-John a réussi à s'échapper des griffes des Allemands, mais il est mort, peu après, sur le front.

Un silence s'installa.

Ce fut Suzanne, la première, qui le rompit. Elle s'était aperçue de mon état, malgré mes efforts pour le cacher. Elle s'est précipitée, m'a pris les mains, toute à sa joie.

— Oh, Victoire ! Ta mère aurait été si contente !

Je blêmis. Elle rougit alors, confuse de sa gaffe. Elle balbutia des excuses.

— Je m'en doutais, dis-je la gorge nouée.

Pauvre Maman, comment aurait-elle pu survivre quand tant d'autres plus vaillants avaient disparu ? Pourtant, je me raccrochais à cet espoir. Je n'avais plus de famille maintenant. Rien ne m'attachait plus à rien, je n'appartenais à personne, c'était un sentiment vertigineux.

— Je ne veux pas de cet enfant. Il est resté bien accroché, mais ce n'est pas le mien, je n'en veux pas.

Je leur montrais mon ventre, cette protubérance grotesque, étrangère.

Suzanne me regardait, bouche bée, choquée, sa coiffe de nonne soulignant ses joues rebondies qui pâlissaient à vue d'œil.

Augustine se porta à mon secours.

— Je vois... C'est celui d'un Allemand qui t'a forcée. Tu feras ce que tu veux, Victoire. On ne te jugera pas. Ici, nous avons déjà recueilli plusieurs jeunes femmes dans ton cas. Jeanne Le Druellec, Pauline Banks... Elles ont ton âge. Juste une chose, l'enfant, lui, n'y est pour rien. Il a droit à la vie.

— Je peux rester quelque temps ? Je peux vous aider ? dis-je en essayant de contrôler ma voix, retenir les pleurs qui luttaient derrière mes paupières.

— Taratata ! Tu vas d'abord te reposer. Viens, suis-moi.

Et Suzanne m'a entraînée à travers les couloirs vides du couvent jusqu'à une petite chambre ouvrant sur le jardin clos de l'arrière du bâtiment, où je trouvais un lit recouvert d'une paillasse, une écuelle, un pot de chambre.

Je suis restée plusieurs jours, ou peut-être, plusieurs mois – j'ai perdu la notion du temps – sans pouvoir me lever, nourrie exclusivement du lait de la seule vache qui leur restait, alimentée par la bonté des deux sœurs qui se relayaient à mon chevet. Épuisée, vidée. J'ai essayé en vain de mettre un pied à terre, mais ma tête tournait, mes jambes se dérobaient, j'ai fini par y renoncer.

Enfin, le jour de Noël, la délivrance est arrivée.

Marguerite est née prématurée. Je l'ai expulsée hors de moi le 24 décembre 1944, avec quelques heures d'avance sur le Seigneur, pour ceux qui y croient encore.

Je m'en veux d'être aussi dure. Mais ni ses cris ni ses petits poings frappant l'air n'ont trouvé grâce à mes yeux.

« Ne lui fais pas de mal », les mots d'Augustine résonnent encore à mes oreilles, me crispent.

Si, justement, j'ai peur, Augustine, j'ai peur de faire du mal malgré moi à ce nouveau-né.

Je me déteste autant que je le hais.

Mes seins étaient douloureux pour la première fois de mon existence, ils existaient, ils se dressaient, ils étaient pleins de leur force, de leur sève, mais l'idée de ce bébé, sa bouche vorace qui viendrait me téter me révulsait.

Avec l'aide de Suzanne, la nuit même, j'ai commencé à l'aide d'un tire-lait à me vider dans des tas de petits biberons bricolés par Augustine. Pour alimenter le bébé dans les prochaines heures, les prochains jours. Pour me délester, aussi.

Et puis, voilà, l'idée a fait son chemin toute seule, disons la vérité, elle dormait en moi, mais comme ces poisons qui n'agissent qu'avec effet retard, elle m'a travaillée longtemps avant de produire ses effets.

Une nuit, après avoir rempli plusieurs biberons de mon propre lait, encore une fois, autant pour me soulager que pour laisser à la petite une chance de survie, je me suis évadée. C'était simple de sortir de ce lieu sans me faire voir, et je n'imaginais plus d'autre issue. J'ai laissé un mot :

Dimanche 31 décembre 1944,

Marguerite, ce dernier jour de l'année sera le premier de ta deuxième naissance, le bon jour pour te laisser entre les mains d'Augustine et Suzanne et me sauver. Marguerite, aime ton prénom. Je te le donne en hommage à ma propre mère, Madeleine, la dentellière de Calais, une vraie Française qui a adoré Jersey.

Les sœurs s'occuperont de toi, elles te parleront de moi, elles te raconteront tout, te donneront surtout ce que jamais je n'aurais pu te donner.

Marguerite, tu es née de mon ventre forcé. Marguerite, tu es l'enfant d'un père allemand que je n'ai pas choisi, et je ne pourrais même pas te le décrire. C'était un homme sans visage.

C'est dur à écrire et j'imagine ta souffrance à le lire. Mais c'est mon devoir de te le dire, tu n'en seras que plus forte.

Considère les autres enfants du couvent comme tes frères et sœurs de souffrance, avec eux tu pourras en parler. Ils vivent la même situation que toi. Je te laisse aux mains d'Augustine et de Suzanne, la vie a placé sur ton chemin deux bonnes mères pour effacer un mauvais père.

Victoire.

Dimanche 31 décembre 1944 - 1er janvier 1945. Falaises de Jersey.

Nous sommes des mauvaises mères. Nous sommes les pires. Nous haïssons notre enfant, nous aurions pu le tuer, nous le vomissons. Bien sûr, nous avons des excuses, nous sommes trop jeunes, et puis on ne devient pas mère comme ça, n'est-ce pas ?

Des nuits entières à se retrouver, à chuchoter, le ventre creux, l'esprit en feu, et à en parler entre nous, à mots plus ou moins couverts. Ces filles-là, Jane et Pauline, avec qui j'ai partagé mes dernières nuits au couvent, avant qu'elles ne retrouvent leur foyer, ne sont ni plus ni moins mauvaises que moi, nous sommes simplement endurcies par la guerre, nos cœurs sont devenus de pierre.

L'angoisse ne nous a offert aucun moment de répit, la sourde angoisse d'avoir donné la vie à des enfants qui demain seront nos ennemis, parce qu'ils sont nés du mal, nés de l'engeance d'un nazi. Regretterons-nous un jour de les avoir laissés vivre ?

Cette angoisse-là nous terrasse, nous abandonne pantelantes. Comment vivre avec ?

C'est ainsi que, peu à peu, notre plan a pris forme. Un suicide préparé avec soins.

On avait décidé que je choisirais une nuit de pleine lune, volerais le cheval du voisin pour nous emmener toutes les trois, et que je ne tarderais pas trop.

J'ai choisi cette nuit, parce que la lune est si blanche, si pleine qu'elle semble nous attendre, parce que nous sommes à la veille d'une nouvelle année et qu'il faut bien que ça s'arrête un jour.

J'arrête mon cheval rue du Becquet, un gros cheval de trait, blanc comme du lait et qui s'est laissé prendre sans effort, et je lance un caillou contre le volet de la chambre de Jane Le Druellec.

— Jane, tu es prête ?

Quelques instants plus tard, elle apparaît en chemise de nuit, un châle sur les épaules, et une lampe tempête à la main.

Elle se serre contre moi, m'enlace la taille, nous sommes à cru sur le cheval, en chemise de nuit et pieds nus. Nous suivons le chemin d'Olivet jusqu'à la ferme des Banks, réveiller Pauline, en toute discrétion.

Une fois toutes les trois réunies, je dirige notre monture vers le cap de Bonne-Nuit, là où les falaises sont les plus hautes. La grand-route de Rozel, rue des Croix, rue des Platons... Les fermiers dorment encore, les tracteurs sont au repos dans les champs, il n'y a pas âme qui vive. Au loin, dans l'aube qui pointe, je vois les hautes falaises se dessiner. Plus loin encore, la côte française, la France, ce pays dont j'ai tant rêvé et où je ne serai finalement jamais allée. On traverse encore un champ bien herbeux et je tourne dans la rue de la Porte, puis c'est *End of Greene Lane*, la dernière route de campagne, la fin du voyage.

Nous abandonnons notre cheval dans un champ et, dans le silence et la prière, que seuls troublent les cris d'une chouette, nous gravissons le sentier.

Parvenues sur le haut plateau, qui surplombe la mer à une centaine de mètres, chacune a donné sa main à l'autre, j'occupe le centre.

Alors je me mets à courir, courir droit devant moi, vers l'endroit où la falaise forme un angle droit, courir le plus vite possible pour ne pas penser. Jane et Pauline forment deux ailes mouvantes à mes bras, deux chaînes humaines, trop humaines, j'entends des cris, des pleurs, chacune serre si fort la main de l'autre de peur de lâcher, non, nous ne nous lâcherons pas, je ne lâcherai pas.

D'un même élan, nous sautons.

Je garde les yeux ouverts, je ferme les yeux, je les rouvre, je les ferme, vite, vite, je voudrais voler, m'évaporer. Je chute, lourde.

La mer nous reçoit, dure comme un socle de pierre.

Nathalie Goldman

Dimanche 16 juin 2013. Saint-Hélier, Jersey.

Je profite de la douceur du temps pour me balader dans les rues de Saint-Hélier. Les rues du centre sont piétonnes, propres, bien indiquées et fourmillent de monde. D'autant plus qu'aujourd'hui c'est un week-end de soldes. J'ai le sentiment d'être perdue dans un centre commercial à ciel ouvert. Je retrouve ici toutes les grandes enseignes que je connais – ce qui m'a toujours semblé un des aspects désolants de la mondialisation. Malgré tout, il se dégage quand même de ces rues aux noms français quelque chose de typiquement british, sans que je puisse me l'expliquer. Ainsi qu'une impression de tourisme de masse à laquelle je ne m'attendais pas du tout pour une île réputée comme faisant partie du club des plus fortunées de la planète ! À croire que paradis fiscal ne rime pas avec luxe, calme et volupté. Il s'agit juste d'un statut économique et politique à part, un régime fiscal qui attire les sociétés et les grosses fortunes.

En parlant avec les gens que j'ai rencontrés, chauffeurs de taxi, de bus, commerçants, serveurs, je me suis rendu compte qu'ils étaient tous, même ceux qui paraissent ne pas en bénéficier, très fiers de la richesse de leur île, de son statut de paradis fiscal propre, c'est-à-dire refusant l'argent du jeu et des mafias – « On n'est pas Monaco ici ! » – est la phrase que j'ai le plus entendue. Et puis, ils sont heureux que les jeunes de leur pays puissent rester sur place car ils trouvent à s'employer dans les grandes banques qui ont fleuri partout. Paradis fiscal à l'anglo-saxonne rime donc avec travail et argent ? Mais oui ! m'ont-ils tous répondu en chœur. L'île ne compte que sept cents chômeurs !

Pourtant, du côté de la plage de Saint-Clément, en attendant le bus en bas de mon hôtel, j'ai croisé des gens au sourire édenté, aux vêtements usés, pas nets. La plupart d'entre eux gardaient les yeux à terre et se mouvaient comme des ombres de peur de se faire remarquer. J'ai senti leur honte. Leur pauvreté était tellement évidente. On les aurait dits sortis d'un film de Ken Loach.

Je me dirige vers la petite place ombragée par les marronniers et pousse la porte du pub The Pierson qui m'attire, parce que son emplacement, ainsi que sa terrasse, ressemblent à ce que j'ai imaginé pour le pub d'Emma Landry, à quelques pas du centre de Saint-Hélier et du port. Je choisis une table au fond, commande une bière locale et sors mes notes.

Note historique n° 7

Winston Churchill envoie des soldats pour libérer les îles après la mort de Hitler et la capitulation allemande. Il fait à 15 heures sa célèbre allocution, dans laquelle il annonce que « nos chères îles anglo-normandes » – dont enfin, il se souvient qu'elles sont des possessions de la Couronne britannique – sont sur le point d'être libérées et que le cessez-le-feu est annoncé dans l'intérêt de tous. Soit un an après que la France, juste en face, éloignée seulement d'une dizaine de kilomètres, ait été libérée.

1945

Diane Fitzgerald

Mercredi 9 mai 1945, jour de la Libération. Manoir de Noirmont, Saint-Aubin, Jersey.

Ce matin, à la une de notre journal local, qu'Edwige m'apporte avec mon œuf coque à l'heure du petit déjeuner, s'écrit l'incroyable réalité : l'armistice est signé, le Bailli fera son discours à midi en direct de l'hôtel Pomme-d'Or, l'ancien QG allemand, sur la grand-place.

Quand je débarque par le petit train dans la ville de Saint-Hélier quelques heures plus tard, en me dépêchant pour ne pas rater le début des festivités lancées par mon beau-père, les drapeaux de l'Union Jack flottent partout, hissés aux mâts des bateaux, accrochés aux fenêtres, aux frontons des portes.

Bientôt, deux cents soldats britanniques débarquent sur le port et reçoivent un accueil délirant. Pour ajouter à l'atmosphère de fête, la RAF envoie ses Mosquitos et ses Mustangs rugir au-dessus des îles dans une belle parade aérienne.

Après leur passage, mon beau-père grimpe sur le balcon de l'hôtel Pomme-d'Or et réclame le silence.

— Mes amis ! Il est l'heure de l'allocution de Churchill !

Le peuple ramassé sur la place écoute le chef du gouvernement anglais lui parler à travers les haut-parleurs installés à la va-vite, et frissonne de joie et d'émotion quand Churchill, de sa douce voix grave, cite enfin « la libération de ses chères îles de la Manche ».

Je me tiens au côté de mon beau-père. Solennel, le chapeau à la main, il déclare qu'officiellement la guerre est finie, la paix est déclarée.

Une foule en liesse nous salue sous les hourras. Mon mari parvient à nous rejoindre sur le balcon, il veut sa part de gloire.

Puis, des bras, des mains, des sourires, nous appellent, nous font signe de descendre nous mêler à eux. Nous sommes emportés par la foule dans les rues. Le Bailli est fêté comme un héros, nous sommes les héros du jour.

Je devrais avoir honte, moi qui sais la vérité.

Je devrais témoigner, tout cela a un goût amer. Et les Steiner, qui pense à eux ? Et les autres Juifs de l'île ? Tous chassés, pourchassés, on a même trouvé des ossements d'enfants et des baignoires tachées de sang dans une école de Saint-Hélier. Mais qui s'en soucie ? Les disparus ne sont plus, pertes et profits, on fera les comptes plus tard, ou plutôt nous ne ferons jamais les comptes, on a tous trop à y perdre, une réputation, un honneur, une dignité, une fierté. Moi la première.

Car, maintenant que je sais que je suis enceinte, ma vie va changer. Mon enfant n'aura pas honte de sa mère, mon enfant ne saura rien, il sera juste fier d'appartenir au peuple vainqueur des Anglais. Puisque nous sommes les vainqueurs de l'histoire, nous en sommes aussi les auteurs. L'occupation sera supprimée des pages de nos livres, nous l'oublierons.

Quant à moi, c'est simple, je vais donner un descendant – ce sera peut-être une fille, une princesse – au souverain suprême de l'île. Une reine a des devoirs. Qui refuserait de porter la couronne après toutes ces avanies ? Nous apprendrons à vivre avec nos fantômes.

Juin 1945.

Ensuite, tout est allé très vite.

Les Allemands qui restaient ont été employés à déminer les plages qu'ils avaient eux-mêmes chargées de mines.

Du jour au lendemain, ils se sont retrouvés sans le sou, perdus, à notre merci. La monnaie qu'ils nous avaient imposée ne valait plus rien. Les plus malins se sont précipités dans les banques pour changer leur argent contre des livres sterling, mais le Bailli a donné des ordres de servir les îliens en premier, et lui-même en premier des premiers.

Le Colonel est venu me faire ses adieux.

Il a tenté de maintenir les formes, de se conduire en gentleman. J'ai été odieuse. Je voulais surtout qu'il sache bien que l'enfant que je porte ne peut pas être de lui, que je n'avais jamais eu le moindre sentiment à son égard. J'avais l'impression de marcher sciemment sur les phalanges d'un homme accroché au bord d'une falaise, suspendu dans le vide, j'appuyais, j'appuyais, je voulais qu'il lâche... Je n'avais plus peur de lui, la terreur avait changé de camp. Dans un brouillard, je me souviens lui avoir lancé : « Je n'ai plus peur de toi, fous le camp, fous le camp... »

Évidemment, le Bailli a confisqué les biens mal acquis du Colonel (ceux du magot juif qu'ils ont amassé ensemble) et, poussé par son fils, il a créé sa propre banque.

C'est ainsi qu'a vu le jour l'établissement Fitzgerald Finance.

L'argent n'a pas d'odeur, pas de mémoire, seul compte que nous sommes riches à foison.

Depuis, le Bailli promet à son peuple la revanche, prône une nouvelle culture.

Sa rhétorique est simple : hier, nous étions un territoire minuscule, et nous l'avons chèrement payé, demain notre nouveau terrain sera infini, aux tentacules internationales. Suivez-moi, il se nomme la Finance.

Pepe Jim

Jeudi 21 juin 1945. Aurigny.

Quand ils sont revenus, ils n'ont pas compris. Leurs maisons dévastées, leurs fermes en ruines, leurs cheptels disparus, leurs terres traumatisées, et moi au milieu de cette désolation affichant la bonne santé des premiers colons. Non, nos vies pendant ces cinq années de guerre ont été trop différentes, les gars du village revenus à Sainte-Anne m'en veulent. Ils m'ont reproché d'avoir trop bien passé la guerre, je sais ce que cela signifiait dans leur bouche, ils m'ont soupçonné d'avoir été trop coopérant avec les Allemands, tandis qu'eux avaient difficilement survécu dans l'Angleterre en guerre, que certains n'en étaient pas revenus.

— Et ça ne te gênait pas qu'ils fassent tous ces travaux, qu'ils défigurent notre île, chaque versant, sur des kilomètres à la ronde ?

C'est Freddy Osselton qu'a pris la parole, il glapissait comme un chien rampant.

— Non, moi, je n'avais rien à faire avec tout cela, je ne veux rien avoir à foutre avec ça, je n'ai jamais travaillé pour eux, les camps, connais pas, les nazis n'ont jamais été mes interlocuteurs.

Ils m'agressaient, en fait de réunion à la mairie, ils étaient tous contre moi, des loups en meute, des pleutres qui regrettaient d'être partis, d'avoir quitté leur bonne île d'Aurigny !

— La ferme que j'occupe appartenait à Freddy Osselton, c'est vrai, mais ce n'est pas ma faute s'il est revenu un bras en moins, et puis sa ferme n'est plus sa ferme, il a abandonné une mansarde, une vache et un lopin de terre, j'en ai fait un bel ensemble de plusieurs hectares avec des granges ! Et vous voudriez me le reprendre ? Vous pouvez me mettre sous le nez son acte de propriété, ça n'a plus rien à voir ! Moi, je vous le dis à tous, tous ceux qui viennent me chercher des noises, fallait pas vous barrer, fallait pas fuir devant l'ennemi, tant pis pour vous. Et personne vous y a obligés, vous avez voté, rappelez-vous !

En rentrant à la ferme, après la réunion, j'ai dit à Mary-Lou de faire attention, de pas sortir au village avec les enfants, je sentais la fureur prête à exploser, une fureur trop longtemps contenue, et qu'on allait se prendre en pleine gueule. Je n'ai jamais eu trop confiance en l'être humain, je sais de quoi il est capable.

— Tu exagères, Pepe ! Et puis la guerre est finie ! On ne va quand même pas se méfier plus de nos compatriotes que des Allemands !

— Bon, je vais voir ma vache. Blanchette va mieux, c'est toujours une bonne laitière !

En m'approchant de l'étable, je n'ai pas tout de suite fait attention. Faut dire que ces jours-ci, j'ai attrapé un rhume carabiné. J'aurais dû le sentir avant de le voir. Le voir, c'était déjà trop tard. Du côté de la réserve à foin, ça s'est embrasé en moins d'une seconde, j'étais avec Blanchette occupé à lui sortir un seau de lait quand le souffle, rien que le souffle m'a fait chuter en avant, une masse d'air chaud incroyable, le crépitement de l'enfer. J'ai entendu Mary-Lou dehors hurler, hurler. En avançant les yeux fermés à cause de la fumée, en avançant vers son cri, je m'en suis sorti. La grange devenue la proie des flammes a embrasé les granges à côté, toutes des constructions en bois bâties de mes mains, tout ravagé, ma Blanchette perdue ! J'ai couru devant moi en hurlant, en pleurant, en maudissant, ils ont tout saccagé, tout saccagé, les salauds... Je me suis réfugié dans les bras de ma femme et de mes enfants. On a dû attendre une demi-heure que l'eau coule dans les tuyaux, à cause des rationnements. On a mis des heures à venir à bout du feu.

Les gars de Sainte-Anne sont contents d'eux.

Ils ont réduit ma vie en cendres.

Yvonne Goldman (née Larcher)

Juillet-décembre 1945. Paris.

Comme il est dur, l'après-guerre. La menace a simplement changé de position, elle n'est plus devant nous, elle est derrière. Nous avons retrouvé notre appartement de la place de l'Étoile. Dévasté. Mais qu'importe, nous l'avons retrouvé.

Mon mari est revenu des camps en très mauvais état. Tous ses cheveux sont blancs, je n'arrive pas à le faire grossir, il est maigre, maigre, un tas d'os avec des tics, agité, irascible. Il se retourne tout le temps, il croit qu'on lui donne des coups de pied aux fesses.

Quand je suis dans la rue, à ses côtés, il refuse mon bras, ma présence ne parvient pas à le tranquilliser.

La nuit, c'est pire. Étendu à mes côtés, il me donne des coups, il geint, il hurle. Je suis allée dormir dans le canapé que j'ai poussé à côté du lit, car je n'ose pas le laisser seul. Il est mon bébé, je le veille, j'ai peur. Il appelle souvent son ami David, son frère Robert, sa sœur Madeleine, il sanglote ou alors à demi réveillé il lutte pour ne pas étouffer, il parle d'un tunnel, qu'il est pris dans un tunnel sans air, qu'ils sont entassés, qu'ils vont crever.

L'autre matin, il m'a demandé des nouvelles de ses parents, et de son frère Robert, s'il était toujours vivant. Il a insisté pour ses parents, me suppliant d'essayer de les retrouver. Il veut que j'aille au consulat de Pologne, ils pourront certainement me renseigner, j'apprendrai des choses, même le pire vaut mieux que le doute. Ainsi, il me sait gré d'être allée au Lutetia, de lui avoir rapporté les noms de David Stern et Madeleine Goldman, sa sœur, parmi les victimes d'Auschwitz. « S'il te plaît, insiste-t-il d'une voix à peine audible, Yvonne, fais encore cela pour moi. »

J'ai fait semblant d'y aller. Pour la bonne raison que ses parents n'ont plus jamais remis les pieds en Pologne et qu'ils sont morts à Dachau.

Heureusement, ce matin, j'ai reçu une lettre de son frère Robert. Lui et sa famille ont réussi à passer toute la guerre en France libre et remontent vers Paris. Il dit qu'il a hâte de revoir son frère, il ne semble pas être au courant pour sa sœur, et se réjouit que sa famille à lui, c'est-à-dire sa femme et ses trois enfants, soit à peu près intacte.

Oh, ce beau sourire que mon Georges a eu tandis que je lui lisais la lettre de son frère ! Comme s'il était enfin apaisé, son sourire parlait pour lui, non, les nazis n'ont pas gagné, ils n'ont pas réussi à tous nous massacrer, les Goldman survivront...

Et puis, un matin, le docteur est arrivé.

Cela faisait plusieurs jours que je ne pouvais plus le nourrir, il pleurait qu'il ne voulait pas que j'appelle le docteur. J'ai fini par ne plus l'écouter.

Le docteur s'est arrêté net, la main sur la poignée, très pâle.

Pourtant, il doit en voir tous les jours des rescapés, dans Paris, me suis-je dit. Il m'a questionnée du regard, et puis il a regardé la forme sur le lit.

Non, cette forme n'est pas morte, elle flotte entre la vie et la mort, elle a besoin de votre aide, cette forme est mon mari, docteur, si je vous ai appelé, c'est pour que vous m'aidiez, parce qu'il veut vivre encore.

Le docteur est entré, il s'est approché du lit et a souri.

Depuis, il est revenu plusieurs fois, dans la chaleur du mois d'août, à toute heure du jour ou de la nuit, dès que j'en ai eu besoin.

Par la fenêtre grande ouverte de la chambre du malade au premier étage, où je suis à côté de mon mari, lui tenant la main, j'entends son pas dans la rue, et c'est comme s'il avançait d'un peu le soulagement que me procure sa visite.

Hélas, un jour, la fièvre n'a plus quitté Georges, et lui nous a quittés. Définitivement. C'était le 5 octobre au matin.

Depuis, je parcours sans relâche les allées froides du sombre ministère qui doit me donner les papiers, la carte. J'ai le droit au statut de veuve de déporté politique. J'ai besoin de cet argent, mais plus encore, il est vital qu'ils reconnaissent le calvaire de mon mari. Je ne comprends pas pourquoi c'est si long, si difficile, si ingrat.

Les gens de l'Administration à qui j'ai à faire veulent me faire croire qu'il a été un travailleur employé de son plein gré, un travailleur volontaire[1]. Mon Dieu, le monde a définitivement basculé, l'absurde règne en maître.

Non, je ne me laisserai pas faire. L'ignominie de ce qu'il a vécu ne passera pas sous silence.

Le petit homme à l'étroit dans son costume qui me reçoit au Bureau des déportés passe sa main sur son front, comme s'il voulait passer l'éponge sur ce que je viens de lui raconter, puis il secoue négativement la tête. Un camp à Jersey. Non, vraiment, cela ne lui dit rien, et puis à côté d'Auschwitz, c'était Saint-Tropez, non ? Il ricane, range ma demande dans un dossier. J'insiste.

Allez voir les Anglais, c'est à eux, les îles, c'est leur problème.

---

1. « Malgré la réalité indéniable de la déportation sur l'île d'Aurigny, la reconnaissance officielle n'en a pas été simple après guerre, du fait de l'imbrication de deux finalités, celle des chantiers Todt d'une part, celle de camp de concentration d'autre part. » Benoît Luc, *Mémoire Vivante*, n° 60, Mars 2009.

Mi-décembre, les Anglais m'ont enfin répondu.

« Vous n'êtes pas sans savoir que l'Angleterre a gagné. L'Angleterre n'a jamais été envahie par Hitler. L'Angleterre est un pays qui, depuis 1066, n'a pas été envahi ni occupé par une armée étrangère. »

Voilà le mensonge érigé en vérité. Je comprends. Puisque leur pays n'a pas été occupé pendant la Seconde Guerre mondiale, les horreurs de la Shoah sont des événements qui se sont passés « ailleurs ». Dans la mythologie anglaise, encouragée par Churchill, les îles anglo-normandes n'ont tout simplement pas leur place. Personne ne veut entendre parler d'un prétendu camp de concentration à Aurigny, sur le territoire britannique. Non, me disent-ils tous d'un ton ferme, vous faites fausse route, il s'agissait des camps de travailleurs volontaires ou non, de l'organisation Todt, et employés à la construction du Mur de l'Atlantique. Moi-même, je finirais par douter si je ne l'avais pas vu de mes yeux.

Je suis retournée sur place, à Aurigny. Mais ils ont fait table rase. Je n'ai pu parler qu'à des gens qui étaient absents de leur île durant ces événements.

J'ai cherché longtemps Pepe Jim. Je l'ai finalement retrouvé, amer, réfugié à Jersey avec sa famille. Il a repris son métier de pêcheur, il a fait semblant de ne pas me reconnaître.

Il m'a dit qu'il ne savait rien. Il est pourtant l'un des rares témoins de la barbarie qui a régné sur cette île. Mais, même la guerre finie, il n'y a rien à attendre de lui.

Après un travail épuisant, long, j'ai finalement retrouvé les quelques déportés d'Aurigny qui ont survécu, ou les membres de leur famille proche. Proportionnellement, c'est évident qu'il y en a plus que dans les autres camps. Est-ce une raison pour nier l'insupportable ? Sous mon élan, ils se sont organisés en association[1]. J'ai accepté d'être leur trésorière. Ensemble, nous luttons pour la reconnaissance de leur statut de victimes d'un camp nazi, nous luttons pour que justice soit faite. Nous serons ensemble pour témoigner aux procès des nazis du camp de Norderney.

---

1. Il existe réellement une association montée au lendemain de la guerre pour la défense et la mémoire de ces déportés particuliers : « L'Amicale des anciens déportés à l'île anglo-normande d'Aurigny-Alderney. »

Nathalie Goldman

Lundi 17 juin 2013. Saint-Hélier-Saint-Aubin, Jersey.

Je me suis levée de bonne heure ce matin, tout excitée à l'idée d'avoir enfin décroché mon rendez-vous avec Marguerite Le Gallais. Elle est devenue mon dernier espoir depuis que j'ai reçu une franche et ferme fin de non-recevoir de la part de la secrétaire d'Édouard-Louis Fitzgerald.

Avant de rencontrer Marguerite, je me suis fixé comme objectif de me rendre à la Jersey Public Library, pour consulter les vieux journaux de l'époque afin de chercher un indice sur la mort de Victoire, sa mère, et de confirmer une rumeur dont je me suis servie dans mon histoire, mais dont je ne suis pas sûre. Combien y a-t-il eu d'enfants nés de pères allemands, de ventres de Jersiaises forcés ? Que sont-ils devenus ? Combien d'entre eux vivent encore sur cette île ?

La dame qui me reçoit dans l'enceinte de la bibliothèque, n'est pas spécialement avenante. J'ai même l'impression de la déranger quand je lui fais part de mon désir de consulter les archives des journaux de l'époque de l'Occupation.

— Vous voulez parler du *Jersey Evening Post* ? Le *JEP* ? Quelle année ?

— Je ne sais pas, euh... la dernière, l'année de la libération.

— Vous savez que les îles ont été libérées un an plus tard, la guerre était finie en face, mais elle durait sur les îles, vous voulez consulter mai 1945 ?

— Non, depuis le premier jour de l'année, merci.

Installée devant l'écran, je déroule le microfilm, j'allais quitter le numéro pour passer au suivant quand la rédaction d'un fait divers m'interpelle, son gros titre me cloue sur place :

« SUICIDES AU CAP DE BONNE-NUIT. TROIS FEMMES SE JETTENT DU HAUT DE LA FALAISE. »

L'article relate le suicide commun de trois jeunes mères, Victoire Le Gallais, Jane Le Druellec et Pauline Banks, qui ont choisi de mourir en se jetant dans la baie de Bonne-Nuit, parce qu'elles ont porté les enfants d'officiers allemands.

Une fois en face de Marguerite, oserai-je aborder le sujet ?

Il fait une température douce et comme je m'y suis prise très en avance pour être à l'heure à mon rendez-vous, j'ai choisi d'arriver par un transport ludique, typique des stations balnéaires, le petit train qui longe la baie en direction de Saint-Aubin.

Le guide nous informe en anglais (mais j'ai eu le droit, une fois encore, à des écouteurs en français) que cela a longtemps été une ligne régulière rejoignant les deux grandes villes de Saint-Hélier et de Saint-Aubin, avant que les Allemands, durant la guerre, ne récupèrent le train à leur seul profit. Le guide nous désigne aussi les appartements en dernier étage vue sur mer et nous donne leur prix, plus d'un million d'euros. C'est un des traits de caractère qui me choque le plus chez les habitants de cette île : l'argent y est roi, ils sont fiers de son règne.

En avance malgré la lenteur du train, je descends au terminus sur le port de Saint-Aubin, juste devant une maison rose portant le nom de « bureau du Connétable ». Face à moi, de l'autre côté du quai, le Yacht Club, et à proximité, un manoir aux façades d'un blanc éclatant. Imposant, les fenêtres hautes, il offre une belle vue sur la mer et le fort de Saint-Aubin, construit en 1594, comme je le lis en me penchant sur une pancarte à l'attention des touristes.

Marguerite Le Gallais m'a indiqué que sa maison était voisine du manoir et que sa porte était bleue.

Je me dirige vers le portail et sonne. Par-dessus le petit muret qui l'entoure, j'entrevois une de ces maisons anglaises typiques, en pierres blanches, avec un double bow-window, et le jardin ombragé à l'arrière.

Rencontrer Marguerite Le Gallais m'impressionne et, en même temps, celle-ci me met tout de suite à l'aise. Petite, tassée, elle porte un jean et un pull-over noir, pas franchement de saison, avec des baskets. Ses mains couvertes de bagues, aux doigts boudinés, s'agitent en tous sens tandis qu'elle me prépare un thé, et me propose une part de cheesecake. Elle me fait signe de m'asseoir en face d'elle et prend place derrière son bureau, à l'endroit où elle écrit.

Son intérieur cosy et simple témoigne de son goût pour les voyages.

— Vous êtes Nathalie Goldman et vous venez me voir de la part de Rozel Fitzgerald, n'est-ce pas ? Elle est comme une sœur pour moi. Elle a dû vous l'apprendre. Vous connaissez déjà une partie de notre histoire, alors...

J'opine de la tête et enchaîne mécaniquement :

— Oui, Rozel Fitzgerald est une de vos sœurs... Cela ne vous dérange pas que j'enregistre notre conversation ?

Mon interlocutrice acquiesce d'un signe de la main et continue. On dirait qu'elle entre en scène. De sa belle voix grave et posée, elle attaque :

— Après la mort de nos mères qui étaient très liées mais sans lien de parenté, Rozel a été adoptée comme moi par Augustine Fitzgerald et Suzanne. Les sœurs lui ont donné pour prénom le nom de leur baie, une baie de la côte sauvage au nord de l'île, et elle a désiré porter le nom de Fitzgerald pour combler le vide. Le vide... Quel mot terrifiant et fascinant... « vie de »... Sa mère biologique ne lui avait pas laissé de lettre. Pas de mots pour combler sa « vie de », justement.

Moi, heureusement, c'est différent, je porte le nom de Le Gallais, celui que ma mère m'a laissé en héritage. Augustine m'a parlé des heures de Victoire, ma mère, que dis-je des heures, des journées entières... Elle avait laissé des instructions précises me concernant et surtout... surtout... Elle avait donné un sens à son geste. Cela fait une énorme différence pour ceux qui restent, je ne suis pas sortie du néant... Mais je devine les questions que vous vous posez. Comment en être arrivée là où j'en suis, en étant si mal partie dans la vie ? Vous aimez mon théâtre ? Vous connaissez mes films ? Eh bien, souvent, je me dis que je n'aurais rien pu écrire de tout ça si je n'avais pas compris, si je n'avais pas souffert, si je n'avais pas pardonné, si je n'avais pas lutté... Vous voulez une cigarette, mademoiselle ? Non, vous ne fumez pas, vous vous êtes arrêtée de fumer, c'est courant parmi les gens de votre génération... Où en étais-je ? L'enregistrement fonctionne ? Vous avez vérifié ?

J'arrête d'une pression digitale l'enregistrement, fais marche arrière et lui fais écouter sa dernière phrase.

— C'est fou ce que l'on peut faire avec un téléphone portable aujourd'hui... dit Marguerite en hochant la tête d'un air amusé, et en aspirant une grande bouffée de tabac dont elle recrache les volutes en direction du plafond.

Je la regarde, incapable de dire un mot. Je ne m'attendais pas à un débit si rapide, à un tel plaisir de se livrer, pour un peu je lui en voudrais presque de ne pas me laisser plus le mérite d'aller trouver les réponses aux questions que je me posais. Est-ce de l'impudeur, cette sorte d'impudeur propre aux artistes narcissiques, est-ce une rançon de la solitude dans laquelle Marguerite Le Gallais semble vivre et que je suis venue briser soudain pour son plus grand plaisir ?

— Oui, reprend-elle sans se douter une seconde de mes pensées, j'ai été élevée dans l'amour, dans la créativité, dans la joie. Dans ma petite enfance, je n'ai manqué de rien. J'avais deux mères dont l'une avait le rôle du père, c'est aussi simple que ça. Cela doit vous paraître étrange que je n'aie pas eu de manque, cruel même pour Victoire, ma mère d'origine. Mais c'est elle qui l'a voulu ainsi. J'imaginais souvent, petite, qu'elle me voyait d'où elle était et se réjouissait pour moi, se réjouissait de ses choix. Quant à mon père... Je n'ai jamais cherché à savoir qui il était. Quelle importance ? Un officier ou un autre ? Ma mère elle-même n'a pas su... Mais je suis allée en Allemagne, j'ai visité Berlin. Il se trouve que par le plus grand des hasards, j'y étais le jour de la chute du Mur. Je n'oublierai jamais la joie de la foule. Les soldats à l'entrée du Mur, aux pieds des miradors, la toque en arrière, buvant la vodka au goulot, faisant tourner les bouteilles... J'ai communié avec eux, j'ai été transportée... Vous voyez, le 9 novembre 1989, j'avais quarante-cinq ans et c'est comme si j'avais dû attendre cet âge-là pour me réconcilier avec mon père. Ou plutôt pour tenter d'aimer le peuple allemand pour l'immense travail de deuil qu'ils ont fait... Enfin... J'y ai même rencontré par la suite un homme qui a beaucoup compté dans ma vie, un Allemand de l'Est, auteur et metteur en scène de théâtre, directeur du théâtre de Berlin, qui a poussé le besoin d'expier jusqu'à se convertir au judaïsme.

Devant mon air étonné, stupéfait même car c'est un détail de sa biographie qui m'avait complètement échappé, Marguerite se reprend :

— Mais oui, mademoiselle, ne faites pas ces yeux-là, autant le devoir de mémoire est important, autant il faut savoir tourner les pages, réinventer l'avenir, et puis ce n'est pas parce qu'ils sont nés allemands qu'ils sont tous coupables ! Je suis farouchement pro-européenne, vous vous en doutez ! Nous devons aider l'Europe, même imparfaite... Vous voulez une autre tasse de thé, ou un café, mademoiselle ?

— Non, merci.

J'ai déjà des palpitations, je ne veux pas en rajouter, je tente de garder mon calme. Cette femme, dans la puissance de son âge avancé, avec sa peau hâlée, burinée par le grand air, noyée dans son vaste pull d'homme, m'impressionne. Elle se penche vers moi et ajoute, un ton plus bas :

— Ne croyez pas... On ne guérit jamais de ses blessures d'enfance... L'important c'est ce qu'on en fait !

Sous les paupières fines et fripées, le regard vert me transperce. On dirait un rai de lumière sous la porte, un matin, en été.

Je m'éclaircis la voix. J'en viens au cœur de mon sujet, à ce qui me chiffonne, à la phrase que j'ai apprise par cœur.

— En 1953, Churchill reçoit le prix Nobel de la littérature pour ses Mémoires, et pourtant il a juste oublié de dire que les îles anglo-normandes ont été envahies par l'Allemagne nazie. Il va même jusqu'à les rayer de la carte de l'Angleterre et les dessiner sur la carte suivante aux côtés de la France... Je les ai lues dans leur dernière édition parue en France en 2010 et... Vous voyez mon livre part de ça, de ce mensonge de Churchill.

— Les Anglais ont en général horreur de reconnaître qu'une partie de leur territoire a été occupée...

— Et même qu'une partie de leur histoire leur est occultée.

— Mademoiselle, on peut tout pardonner à Churchill, non ? Sans lui, serions-nous là, vous et moi ? Ou alors nous serions allemands, nazis... Il a empêché Hitler de...

— Oui, je suis complètement d'accord avec vous. Il a été un immense homme d'État. Je veux simplement témoigner pour ceux, dont mon grand-oncle, qui ont été raflés en tant que Juifs, et déportés sur l'île de Jersey parce qu'en vertu de leur mariage avec une catholique, l'administration allemande les a considérés comme « demi-juifs ». Mais leur calvaire a été caché aux yeux du monde entier. C'est une double peine.

— C'est un drame. Les camps de concentration étaient sur Aurigny, la plus petite des îles, la plus proche des côtes françaises, oui, je sais, je me souviens, vous êtes...

— La petite nièce d'Yvonne Goldman.

— Mais bien sûr ! La journaliste de *France Observateur*. Elle était devenue un reporter de guerre considéré.

— Elle a été tuée à la fin de la guerre d'Algérie en 1962, huit ans avant ma naissance. Mon père m'a souvent parlé d'elle, il en était fier et un peu effrayé aussi. Il disait qu'elle ne s'était jamais remise de la mort de son mari, mon grand-oncle, d'où son engagement à témoigner... Sa vocation à couvrir les conflits, tous les conflits, en réalité, son incapacité à oublier la guerre...

Les mains de mon interlocutrice, petites et grassouillettes, s'agitent, se mettent à trembler, soudain elle me semble fragile.

— Yvonne Goldman, un nom mythique de mon enfance. Victoire, ma mère, a beaucoup parlé d'elle à Augustine, paraît-il... C'est une femme qui a lutté pour que soit révélée l'étendue de la collaboration des habitants des îles anglo-normandes avec l'occupant... Mais à son époque, c'était un combat perdu d'avance.

— Oui, je sais.

— Augustine n'a jamais pu se réconcilier avec son frère, le Bailli de l'époque, ni avec personne de cette branche de la famille Fitzgerald. Elle me répétait toujours « pauvre mais fière ». Aujourd'hui, c'est Édouard-Louis, vous savez, le petit-fils du Bailli Fitzgerald, qui habite le manoir voisin. Il est à la tête du trust familial, « Fitzgerald Finance ». Suzanne adorait raconter que...

— Quoi ?

— Édouard-Louis serait le fils du Colonel, le commandant en chef des forces d'occupation allemandes à Jersey durant la guerre, et... et que leur fortune, outre le manoir, a pour origine la spoliation des biens des Juifs de Jersey et de ceux déportés dans les îles anglo-normandes.

— J'ignorais, dis-je en me raclant la gorge.

— Il ne faut pas oublier que c'est une île de pirates, à l'origine. Des voleurs. On dit que le défaut principal des Jersiais est l'avidité. Ces gens sont obsédés par l'argent depuis toujours. Cela date de bien avant que leur île ne devienne une place financière importante. Et aujourd'hui ces financiers qui ont envahi notre terre l'ont définitivement corrompue, mais c'est un autre sujet...

Elle s'interrompt, troublée.

— Continuez, je vous en prie.

— Je pensais quel drôle de destin que celui de ces petits bouts de terre !

— « De l'enfer insulaire au paradis fiscal » ! Ce pourrait être un bon titre pour mon livre, non ?

Mon interlocutrice penche la tête d'un air pensif, puis reprend :

— Jersey, ces trente dernières années, s'est agrandie en bétonnant sur la mer, des immeubles modernes et froids ont remplacé les traditionnelles maisons en granit de Saint-Hélier. L'île, vous avez pu le constater, est devenue une immense boîte aux lettres pour des sociétés du monde entier, plus riches les unes que les autres, et qui veulent toutes échapper à l'impôt dans leur pays. Ce que je trouve particulièrement indécent en temps de crise. Évidemment, ce modèle économique est largement soutenu par Londres.

— Mais oui ! Ça les arrange tous, en Europe... des sociétés françaises aussi sont présentes.

— L'hypocrisie est générale ! Les gens d'ici ne s'en plaignent pas, ils acceptent, ils sont nés pour accepter qu'il y ait des possédants et des possédés, comme dans toute société anglo-saxonne marquée au fer rouge de l'inégalité ! Et ils se croient plus français qu'anglais, c'est à mourir de rire !

— Ils ne sont pas si à plaindre que ça. J'ai vu que le PIB par habitant est plus élevé que celui de la France, et la France traverse une grave crise en ce moment. En parlant avec eux, j'ai compris qu'ils se sentent presque privilégiés de vivre ici, ils ont l'impression d'être à l'abri. Mais c'est vrai qu'ils ont une autre mentalité. En prenant le train pour venir, j'ai été stupéfaite que le chauffeur qui faisait le guide nous donne les prix des appartements en dernier étage avec vue sur la mer... C'est un endroit étrange, un pays à part qui n'est ni la France ni l'Angleterre, et qui est un peu des deux. Je m'attendais à trouver des boutiques de luxe, des grands hôtels...

— Les Anglais ont toujours méprisé les gens des îles. Ils les appellent les « frogs », les crapauds, car ils descendent du duc de Normandie. Ceux qui tiennent les manettes envoient leur argent ici, le font travailler sur place, mais n'habitent pas les îles. Pendant ce temps-là, ils vont au soleil ou en France !

— La seule plaque mémorielle que j'aie trouvée à Jersey est au nom d'Emma Landry. Pourquoi ?

— Paul, son fils, qui a été le plus jeune Bailli de notre île après Fitzgerald, y tenait beaucoup… Il voulait que l'on se souvienne du courage de sa mère qui a tenté de sauver un jeune prisonnier russe au péril de sa vie. Les Landry, les Jim, les Steiner, les Fitzgerald, ce sont les vieilles familles de l'île… Leurs histoires ont bercé mon enfance.

— Ils vivent en moi depuis si longtemps… Cela fait plus d'un an que je suis à leur recherche, j'ai l'impression d'avoir connu intimement chacun d'entre eux, je pourrais peut-être même vous apprendre des choses, je pourrais vous en parler durant des heures en tout cas… Je ne sais pas l'expliquer, ils sont venus me parler, j'ai communiqué avec leurs fantômes. Pour certains, je me sentais le devoir de rétablir la vérité, qui a résisté ? Qui a collaboré ? Qui a été véritablement courageux ? Qui a été lâche ? Qui a été un peu des deux… ?

— Non, ne faites pas ça ! s'emporte soudain Marguerite. Nous ne voulons pas régler nos comptes, nous avons pardonné et peu de gens peuvent affirmer sincèrement la façon dont ils auraient agi… Mais c'est bien que vous vouliez écrire ce livre. Il faut lutter contre l'oubli, ne pas laisser ensevelir ce qui nous a tous profondément changés, bouleversés, blessés, tués… Travaillez, Nathalie. Portez-le, votre livre, en mémoire d'Yvonne et de Georges Goldman, vos ancêtres, mais aussi des Steiner, des Landry, des Le Gallais… des Jim. Vous savez, on dit de Jersey que c'est une île de fantômes, une île de sorcières. Une des particularités de l'île est son grand nombre de lieux mystiques. Victor Hugo les fréquenta assidûment pour méditer. Heureusement, il n'y a pas ici que des sorcières maléfiques, il y a aussi des bonnes fées puissantes, elles inspirent une grande spiritualité à celles et ceux qui savent les écouter. Accueillez-les, laissez-les vous parler, elles sont votre chemin vers la lumière.

BIBLIOGRAPHIE

Les Déportés de France vers Aurigny 1942-1944, Benoît Luc, Eurocibles, 2010.

Histoire d'un camp nazi. L'île d'Aurigny (Alderney), Jean-Louis Vigla, Éditions A. Sutton, 2002.

Historia-Historama, n° 568, avril 1994.
– « A Jersey Century. 100 Years of Memories from the Jersey Evening Post ».
– « Des camps de la mort au large de Cherbourg ».

Mémoire vivante, Bulletin de la Fondation pour la mémoire de la Déportation, n° 60, mars 2009.

Revue d'histoire de la Shoah, n° 168, janvier-avril 2000.
– Témoignage de David Trat (président de l'Amicale des anciens déportés de l'île anglo-normande d'Aurigny-Alderney et ancien déporté du camp de Norderney).
– « Les Juifs dans les îles de Jersey, Guernesey et Sercq ».

Remerciements

Je veux remercier chaleureusement mes amies, Cécile David-Weill, Olivia Roland, Nathalie Rondest, pour leur soutien, leur bienveillance et leurs conseils. Remercier de tout mon cœur, Katherine, ma bonne et merveilleuse fée ! Ainsi que tous ceux qui m'ont entourée dans ces moments pas toujours faciles : Sylvie, Guy, Olga, Astrid, Sophie, Gilbert, Marc et Stéphane, qui se reconnaîtront…

Un merci à Benoît Luc, historien, auteur d'un ouvrage de référence sur le sujet et qui a retrouvé les traces de mon grand-oncle à Aurigny.

Et bien sûr, un grand merci aux éditions Flammarion, Thierry Billard, Guillaume Robert et leur équipe, pour leurs précieux conseils et leurs relectures attentives.

Sans oublier mon fidèle Frimousse qui ronronne sur mes genoux tandis que j'écris ces lignes !

Table des matières

Note de l'auteur 11

Nathalie Goldman 13

1940

Victoire Le Gallais 21
Emma Landry 33
Victoire Le Gallais 37
Emma Landry 43

1941

Captain Richardson 49
Diane Fitzgerald 57
Pepe Jim 65
Nathalie Goldman 69

1942

Victoire Le Gallais	75
Emma Landry	87
Captain Richardson	93
Diane Fitzgerald	99
Nathalie Goldman	113

1943

Captain Richardson	121
Victoire Le Gallais	127
Emma Landry	133
Victoire Le Gallais	139
Georges Goldman, Le « Demi-Juif »	143
Pepe Jim	149
Georges Goldman, Le « Demi-Juif »	153
Yvonne Goldman (Née Larcher)	159
Nathalie Goldman	165

1944

Georges Goldman, Le « Demi-Juif »	169
Diane Fitzgerald	173
Victoire Le Gallais	181
Georges Goldman, Le « Demi-Juif »	187
Yvonne Goldman (Née Larcher)	201
Diane Fitzgerald	207

Captain Richardson 217
Victoire Le Gallais.. 221
Nathalie Goldman 233

1945

Diane Fitzgerald... 239
Pepe Jim 243
Yvonne Goldman (Née Larcher) 247
Nathalie Goldman 253

Bibliographie 267
Remerciements... 269

Cet ouvrage a été imprimé
en septembre 2014 par

FIRMIN-DIDOT

27650 Mesnil-sur-l'Estrée
N° d'édition : L.01ELIN000201.N001
N° d'impression : 123505
Dépôt légal : octobre 2014

Imprimé en France

Composition et mise en pages
Nord Compo à Villeneuve-d'Ascq